KB066380

돌멩이하나

돌멩이하나

2014년 6월 16일 제1판 제1쇄 인쇄
2014년 6월 23일 제1판 제1쇄 발행

**지은이**   구자명, 김혁, 박명호, 박혜지, 배명희, 송언, 정환, 최서윤, 한상준
**펴낸이**   강봉구

**마케팅**   윤태성
**편집**     김희주
**디자인**   비단길
**인쇄제본**  (주)아이엠피

**펴낸곳**    봉구네책방
**등록번호**   제406-2013-000081호
**주소**     100-250 서울시 중구 퇴계로32길 34
**전화**     070-4067-8560
**팩스**     0505-499-8560
**홈페이지**  http://cafe.daum.net/littlef 2010
**페이스북**  http://www.facebook.com/littlef 2010
**이메일**    littlef 2010@daum.net

ISBN 978-89-97581-48-1 03810
값 12,000원

# 돌멩이 하나

봉구네 책방

# 차례

# 미친 시대를 풍자하다.

  나 어렸을 적엔 미친 여자가 자주 눈에 띄곤 했다. 그런데 세상이 도시화 되어서인지 요즘엔 그런 여자가 눈에 잘 띄지 않는다.

  벚꽃과 살구꽃이 흐드러지게 피었다가 지고, 하얀 목련과 노란 개나리도 가뭇없이 져버리고, 양지바른 화단에 영산홍 붉은 꽃잎이 앙증스레 피어날 때쯤이었다. 이틀 그리고 사흘 상간으로 미친 여자 하나가 동네 인근에 나타났다.

  그 여자는 새봄이 세상을 한차례 휩쓸고 지나간 사실조차 감지를 못한 모양이었다. 두꺼운 겨울옷을 입고는 가로수 아래 길바닥을 비질하듯이 느릿느릿 걷곤 하였는데, 혼자서는 왠지 억울하다고 느꼈던 것일까, 귀여운 강아지 한 마리를 꼭 데리고 다니는 것이었다. 강아지는 주인을 따라 쫄쫄거리며 건널목을 건넜고, 길을 가다가 주인이 별안간 방향을 틀어 엉뚱한 곳으로 갈 때도, 기다렸다는 듯이 아주 자연스럽게 주인을 따라가는 것이었다. 미친 여자와 강아지는 동네 둘레 길을 휘적휘적 떠돌다가 어느 순간 휙 사라져 버리곤 했다.

그런데 사람 마음이 참 얄궂기도 하다. 미친 여자보다는 그녀를 쫄쫄거리며 따라다니는 강아지에게서 나는 더 짠한 감정이 일어나는 것이었으니. 죄 없는 강아지마저 차츰차츰 주인을 닮아, 마침내 정신이 혼미해져서 자신의 삶을 허망하게 망쳐 버리면 어쩌나, 안타까운 마음이 들었기 때문이다. 사람보다 강아지를 더 염려해도 괜찮은 건진 모르겠으나, 주인보다는 강아지가 상대적으로 약자인 까닭에 그런 감정이 일어나지 않았을까 싶다.

어쨌거나 우리 사는 세상이 미친 세상이라 그런가. 미친 여자와 강아지의 산책을 우두망찰 지켜볼 때마다 나는 엉뚱한 생각에 잠기곤 한다. 우리 사회 1%의 악마와 99%의 중생들의 관계가 그와 비슷하지 않은가 싶고, 우리 시대의 자본과 노동의 관계, 정신 나간 권력가와 힘없는 백성들의 관계 또한 그렇지 않은가 싶은 것이다.


너나없이 안녕하지 못한 세상에서 살고 있는 요즈음이다. 미친 세상을 살면서 작가들이 어찌 침묵으로 세월을 보내겠는가. 세상이 미쳐 돌아갈수록 정신을 바싹 차려야 한다며, 우리 동인들은 이 뒤틀린 세상을 멋지게 풍자해 보고 싶은 마음을 공유하였다. 문학이란 본디 어떤 틀에 얽매이는 걸 거부하는 속성이 있으므로, 세상을 사실적으로 그릴 수도 있고 풍자적으로 비틀어 보여 줄 수도 있는 것이다. 어쩌면 작가의 본업이 세상을 풍자하는 것인지도 모르겠다. 이번 동인 5집은 처음엔 정치, 사회 풍자 소설을 써 보자고 뜻을 모았으나, 정치·사회적 동물이 곧 사람인 까닭에, 어떤 인물이 등장하고 어떤 이야기가 펼쳐지든 크게 신경 쓰지 않기로 했다.

문제는 우리가 정치, 사회 풍자 소설을 세상에 내놓는다고 해서 뒤틀린 세상이 바뀌느냐 하는 것이다. 하지만 세상이야 안 바뀌면 어떤가. 세상이 바뀌기를 바라는 작가의 마음이 간절하면 그것으로 족한 게 아닐까. 그러면서도 우리는 간절히 바라마지 않는다. 미친 세상이 멀쩡한 모습을 조금씩 되찾아 가기를……. 그런 심정으로 혁명적인 시인 김남주의 시 한 구절로 이 풍자 소설집의 의미를 갈음한다.

하늘과 땅 사이에
바람 한 점 없고 답답하여라

숨이 막히고 가슴이 미어지던 날

친구와 나 제방을 걸으며

돌멩이 하나 되자고 했다

강물 위에 파문 하나 자그맣게 내고

이내 가라앉고 말

그런 돌멩이 하나

-김남주, 〈돌멩이 하나〉 부분

− 2014년 미친 세상을 건너며

소설 동인 23.5 일동

# 니는 지는

———

정 환

2004년 소설 동인 〈뒷북〉 창간호에 〈다락방과 나비〉 〈풀벌레의 집〉을
발표하며 작품 활동을 시작했다. 〈오래된 슬픔〉 〈그 여자를 보았네〉 〈그
와 함께 산다는 것〉 〈다리 위에서〉 〈선택〉 등의 작품을 발표했다.

세상은 하기 싫은 일과 하지 못하는 일로 가득 차 있다.


'화장은 노! 허그는 오케이!'

'조낸 이른 화장, 조낸 늙은 피부!'

'한 살 먼저 화장하면 십 년 빨리 늙는다!'

'풋풋한 얼굴, 싱싱한 머리, 넉넉한 가슴, 튼튼한 다리'


교문에서 오른쪽, 교실 현관으로 올라가는 언덕길에 스무 명도 넘는 애들이 옹벽을 등지고 피케팅을 하고 있다. 화장해서 걸린 애들과 벌점을 지우거나 상점을 받고 싶어 안달하는 애들이다. 저건

누구 머리에서 나온 걸까? '똥개' 머리에서 나온 거 같지는 않다. 그
럼 누굴까? 누가 이렇게 야비한 짓을 할까?

애들이 피케팅하는 맞은편에는 각 학년 사안 담당 교사들이 터
널을 만들어 물티슈를 들고 서 있다. 안 걸리고 지나갈 수 있을까?
어려울 거 같다. 오늘 단속할 줄 알았다. 지난주 내내 방송으로 떠
들었으니까.


여러분도 알다시피 화장하는 학생들이 급격하게 늘고 있습니다.
화장은 교칙 위반입니다. 여러 번 주의를 주고 지도했으나 고쳐지
지 않아 다음 주 월요일부터 교문에서 단속하겠습니다. 화장하고
오는 학생은 화장을 지워야 교실에 들어갈 수 있습니다. 잘 지켜 주
시기 바랍니다.


그러나 맨 얼굴로 집에서 학교까지 그 먼 길, 내가 다녔던 초등학
교와 아파빌 분양 사무실, 낙원 부동산, 애경 타이어 빵꾸, 미래 중
고 자전거, 서울 조경, 남부 교회, 8282 이사, 대경 물류 창고, 약수
터 가든, 옛날 국밥, 대박 고물 앞을 지나올 수는 없었다. 고개를 들
수 없었다. 지들은 알까? 내가 맨 얼굴로 다닐 수 없다는 걸. 나를
용서할 수 없다는 걸.

저만치 앞에 수정이와 소현이가 2학년 사안 담당 '조낸'이 건네준 물티슈로 얼굴을 닦고 있다. 이제 선택해야 한다. 뒤돌아서 갈 것인지, 물티슈를 받고 아침내 한 화장을 지울 것인지. 교문을 벗어나면 갈 곳이 없다. 기껏해야 학교 앞 편의점이나 피시방이다. 아침부터 거기서 죽칠 수는 없다. 죽친다고 해도 담임이 학교 안 왔다고 엄마한테 전화할 거고 엄만 또 날 프라이팬에 넣고 볶아 댈 거고 빡치면 아빠한테 넘길지도 모른다. 아, 시바 선택지는 모두 지들에게 유리한 것만 늘어놓고 있다.

벌써 '조낸' 앞이다. 시바 조낸 싫다.

"지워!"

'조낸'이 물티슈를 건네준다. '조낸'의 얼굴은 화장이 떠서 볼 만하다. 조막만한 얼굴이 근심으로 화장한 거 같다. 나는 얼결에 받지 않을 수 없다. 손가락에 닿은 물티슈 감각이 조낸 차갑다. 이걸 얼굴에 댈 생각을 하니 손가락이 먼저 떤다. 에라 모르겠다! 나는 물티슈로 듬성듬성 닦아 낸다. 냉기를 따라 모욕감이 머리끝까지 뻗친다. 이렇게 살고 싶지 않다. 아, 시바! 내 화장 내가 하는데 왜 못 하게 하는데?

"싹싹!"

'조낸'이 또 참견을 한다. 물티슈를 집어던지고 돌아서고 싶다.

손에 힘을 더 주어 벅벅 문지른다. 속에서 욕이 저절로 쏟아진다.

아, 시바 어떻게 된 세상이 화장도 맘대로 못하냐고? 내 돈 들여 내 얼굴 칠하는데 니들이 왜 참견하냐고? 니도 하잖아? 니는 하고 나는 왜 못하게 하는데?

가방을 벗어 집어던지고 싶다. 저만큼 뒤에서 교장이 뒷짐 지고 내다보고 있다. 재수 없다. 그 옆을 지나면서 키를 대본다. 내 어깨 밑으로 머리카락이 다 빠져 속이 반들반들한 머리통이 보인다. 그나마 위안이 된다. 선도부가 내 이름을 적는다. 시바 저것들도 조낸 재수 없다.

교실 뒷문을 열자 먼저 들어간 수정이가 신발주머니를 천정에 던진다. 잔뜩 열이 뻗쳐 있다.

"어떻게 생긴 학교가 내 돈 들여 내가 화장하는데 강제로 지우냐고?"

"시바, 이게 학교야? 이런 게 나라야?"

소현이도 빡쳐 있다. 아침부터 욕을 더 보태기 싫다. 조용히 자리에 앉았지만 분이 풀리지 않는다. 아무 것도 하기 싫다.

"오늘은 우리 딸들 한 사람도 빠짐없이 하루 종일 이쁜 맨 얼굴 볼 수 있겠네! 니들 봐봐. 얼마나 이쁜지. 이쁘지? 넌 안 이뻐?"

아침 조례에 들어온 담임이 한술 더 뜬다. 아, 시바 오늘 다들 왜 그러는 거야? 곧 뚜껑이 열릴 거 같은데.

"물티슈가 오늘 하루 분 화장독을 막아 준 거니?"

담임이 눈을 찡긋거리며 내 눈을 본다. 아, 정말 마그마가 분출할 거 같다. 가슴이 마구 뛴다. 불길하다. 손이 저절로 거울을 꺼내고 화장품 가방을 뒤진다. 클렌징크림으로 화장을 마저 지운다. 세수를 못해 몸이 뒤틀렸지만 그런대로 지워진 거 같다. 거울을 한 번 더 들여다보고 처음부터 다시 시작한다. 담임이 한숨을 폭 쉰다. 나도 내 손을 말릴 수가 없다.

"엄마 한번 오셔야겠다!"

고개를 저으며 담임이 교실을 나간다. 수정이와 소현이는 그때서야 화장품을 꺼낸다. 그리고 정신없이 분첩을 얼굴에 대고 두드린다. 1교시 시작 전에 끝내야 한다. 가정은 '개재수'다.


가정의 눈치가 보이지 않는 건 아니다. 그렇지만 손이 자꾸 분첩에, 아이브로펜슬에 간다. 너무 급하게 하느라 눈이 짝짝이다. 지우고 처음부터 다시 시작해야 한다.

"그만해라. 수업 시작한 지 20분이 지났다."

가정이 목소리를 깐다. 화를 누르고 있다는 뜻이다. 그러나 손이 멈춰지지 않는다. 가정이 머리를 흔든다.

"니들 땜에 수업이 끊어져서 도저히 안 되겠다. 니들, 수업 끝나고 다 내려와!"

그래도 손이 멈춰지지 않는다. 얼굴이 제대로 안 나왔는데 어쩌라고?

은지는 약게 약게 한다. 수업 시간엔 최대한 자제하고 쉬는 시간에 한다. 나는 그게 안 된다. 화장품과 화장 도구가 손에서 떨어지면 견딜 수가 없다. 아, 시바 어쩌라고?

"아니, 저것들 또 왔네!"

"아니, 아까 교문에서 지웠는데 그 사이 또 했어?"

교무실에 앉아 있는 것들이 하나씩 돌멩이를 던진다. 니들은 니들 일이나 해. 괜히 참견하지 말고.

"니들은 도대체 왜 그렇게 말을 안 들어먹니?"

가정이 시작부터 목소리를 높인다. 잔뜩 올라와 있다. '개재수' 값을 할 거 같다.

"니들도 사람이면 알아들어야 하지 않니? 수업 시간에 화장하지 말라 하면 들어야 하잖아? 해서는 안 되는 일이고."

니는 뭐 남이 말하면 다 듣니? 내가 왜 니 말을 들어야 하는데?

"학생은 화장 못하게 돼 있잖아? 적어도 수업 시간에는 하지 말아야지?"

"그래도 떠들지는 않았잖아요?"

소현이가 바람이 잔뜩 들어간 입으로 대꾸한다. 아, 저 등신!

"화장만 했지, 수업 방해는 하지 않았잖아요?"

수정이도 거든다. 말이 빨라 대드는 거 같다. 아, 저 바보들!

"수업 시간에 수업 안 듣고 화장만 하는 게 수업 방해 아니면, 그럼 뭐니? 다른 친구들 수업 집중 못하게 하고, 선생님이 니들한테 신경 쓰여서 수업이 자꾸 끊어지잖아?"

"그냥 우리 신경 쓰지 마시고 하면 되잖아요?"

"선생이 어떻게 학생을 포기하니? 니들은 이 학교 학생 아냐? 그러려면 뭐 하러 학교 와서 여러 사람 힘들게 해? 집에서 종일 하고 싶은 화장만 하고 살지?"

나는 교무실 창밖 언덕, 잎이 다 떨어진 나무들을 본다. 나무들이 많이 추울 거 같다.

"고깝다 이거지? 계속하겠다는 거네? 좋아! 내 손에서 처리하려고 했는데 안 되겠다. 사안 담당 선생님한테 넘겨야지."

일이 커지고 있다. 그러나 멈출 수가 없다. 굴복하고 싶지 않다. 내가 남한테 피해를 준 것도 아닌데 왜?

"야, 니들 또 왔어? 니들 지금 몇 번째야? 니들 깜지 쓰고 단어 공부한 게 언젠데 벌써 왔냐구?"

'조낸'이 앙칼지게 소리를 지른다. 이마의 가로 주름과 세로 주름이 만나 산맥을 이루고 목 혈관이 울뚝 서 있다. 아, 시바 오늘 일진 개진이다. 누군 오고 싶어 왔냐? 니들이 불러서 왔지.

　깜지는 그래도 쓰기만 하면 된다. 아무 생각 없이 베껴 쓰면 되니까. 단어 공부는 고문이다. '조낸'이 낸 영어 단어 중에서 하나라도 틀리면 고문이 시작된다. 하나 모르면 둘을 알아야 하고 둘을 모르면 넷을 알아야 집에 갈 수 있다. 캄캄한 밤에 간 적도 있다. 같은 시간이 어떻게 길어지는지, 시간이 길어진다는 게 무슨 의미인지 알게 해 주는 고문이다. 그러고 보면 이것들은 고문 기술자들이다.

　"니 오빠 허구헌날 담배 피다 걸리고 쌈박질하다 걸리고 아주 내가 3년 동안 질렀는데 겨우 졸업시켜 놓으니까 너까지 그러냐? 니네 식구들은 도대체 왜, 뭐 땜에 그러는데?"

　피가 그런가 보지. 니가 혈통을 알아?

　"도대체 왜 하는데? 하지 말라는 거 왜 하는데? 니들은 아직 화장할 때가 아니잖아? 때 되면 해도 되잖아?"

　"사람마다 때가 다르잖아요? 빨리 시작하는 사람도 있고 늦게 시작하는 사람도 있고."

　"그래도 보편적인 때가 있잖아? 화장은 성인이 돼서 해야 하잖아? 너 언제부터 했어?"

'조낸'이 나를 짚는다.

"초등학교 5학년 때요."

"초등학교 때? 아이고, 왜 하게 됐는데?"

"다른 애들 한 거 보니까 이뻐서요. 주근깨도 가리고."

"다른 애들 하면 다 따라 해야 돼? 안 좋은 것도!"

"이쁘잖아요!"

"그게 이쁜 거니? 그 여린 피부에 비비크림 덕지덕지 발라 피부가 숨을 못 쉬고 헉헉거리는데, 화장독 올라 피부가 다 상해서 망해가는데."

"사람마다 다르잖아요."

"그래서 계속하겠다는 거네?"

"안 하면 살 수가 없어요."

"안 하면 살 수 없어? 그럼 중독이네, 중독!"

니는 뭐든 우리가 좋아하는 거 하면 중독이냐?

"무슨 중독요? 담배는 안 피는데? 술도 안 마시고."

수정이가 멍청한 것처럼 엇박자를 넣는다. 여우같은 기집애!

"화장 중독, 화장품 중독!"

"그게 뭔데요?"

수정이가 또 푼수처럼 나선다. 재미를 붙인 거 같다. 빙신, 길어지는 것도 모르고.

"화장 안 하면 못 견디겠다며? 그러니 화장 중독이지. 어리고 여린 피부에 값싼 저질 화장품 처바르니 당연히 화장품 중독이지. 니들 얼굴에 트러블 생긴 거 봐도 모르니? 화장품 살 때 부작용은 얘기 안 해주던?"

이것들은 틈만 나면 조낸 아는 척, 잘난 척한다. 엄마는 내 피부 상한다고 비싼 거 사 주고 자긴 싼 거 바르는데.

"이제 솜털 보송보송한 중 2가 이게 무슨 일이니? 니 엄마도 아시니? 알고도 놔두시니? 화장 일찍 시작하면 피부가 일찍 피로해져서 일찍 늙는 거 모르신데? 그리고 도대체 화장품 값은 어떻게 대니?"

니는 니 얼굴 걱정이나 해. 얼굴이 그게 뭐냐? 사십대에 벌써 할머니 얼굴이면서. 일찍 화장 시작했으면 안 그렇잖아? 그나저나 화장품 값 치고 들어오는 것은 아니겠지? 어제 1학년 애한테 빌려 달라고 만 원 삥 뜯어서 비비크림 샀는데. 용돈 떨어진지 오래됐고 엄만 절대 미리 주지 않는데.

"니들은 걸린 게 열 번도 넘네! 열 번 넘으면 걸릴 때마다 자동으로 학생부 넘어가는 거 알지? 깜지 써도 안 되고 단어 공부해도 안 되고 나도 해 줄 수 있는 게 없다. 서류 작성해서 넘기면 방과 후에 학생부에서 부를 거야. 가봐. 나도 이제 질린다, 이놈들아!"

지만? 나도 질린다, 질려! 왜 맨날 우리만 못살게 구냐? 남에게 크게 피해를 주는 것도 아닌데. 아, 시바 학생부를 또 어떻게 가냐? 아, 시바 정말 못 다니겠다, 못 다니겠어!

국어는 어딘가를 읽고 뭔가를 쓰라고 한다. 맨날 읽고 쓴다. 재미없다. 나는 다시 분첩을 들고 얼굴을 두드린다. 학교 와서 세 시간 동안 다시 한 것이 마음에 들지 않는다. 마음이 편하지 않아 화장이 잘 받지 않는 거 같다. 수정이는 아이섀도를 세워 눈두덩에 음영을 주고 있고 소현이는 뷰러를 들고 속눈썹을 올리는데 정신이 없다.

"나는 너희들이 예뻐지고 싶어 화장하는 거 인정한다. 예뻐지고 싶은 것은 인간의 기본적인 욕망이니까. 남에게 피해를 주지 않는 한 욕망을 충족시키는 것은 기본권에 속하는 것이기도 하고.

그러나 수업 시간에 하는 것은 옳지 않다. 사람은 하고 싶다고 다 할 수 있는 게 아니다. 하고 싶어도 참아야 할 때가 있다. 그걸 못 지키면 제재를 받을 수밖에 없고. 남에게 피해를 주기 때문이다. 누리, 수정이, 소현이 그러고 싶지는 않지? 잘 지켜 주기 바란다."

예뻐지고 싶은 거 인정하면서 화장은 왜 못하게 하는데? 나도 잘 살고 싶어서 그러는 거라고! 뻗대는 마음 따라 손도 멈추지 않는다. 나도 내가 나를 어떻게 할 수 없다. 앞에 앉은 은지 등판 뒤로 몸을 숙인다. 분첩을 든 손이 계속 얼굴을 두드린다.

"이누리, 사람은 멈출 줄도 알아야 한다. 그게 용기다. 계속 뻗대면 아집이고, 그걸 못 버리면 고생한다. 그렇게 살고 싶지는 않지? 잘 살고 싶어 화장하는 거 아닌가?"

귀신이다. 그러나 손이 멈추지 않는다. 분첩에 가는 손을 붙들 수가 없다. 나도 내가 나를 막을 수 없는데 어쩌라고? 재수 없게 '조낸' 말대로 중독이 맞는 거 같다. 아, 시바!

근데 뭐 어쩌라고? 화장하고 싶어 못 견디겠는데. 못 견뎌서 중독이 돼도 내가 되겠다는데 왜 지들이 간섭하고 참견하냐고? 내가 지네 집 강아지야? 이거 하라 저거 마라 맨날 명령만 하게?

"누리, 수정이, 소현이 내가 질문 하나 할게. 지금 다른 친구들 뭐 하고 있지?"

교실 안은 숨소리, 연필 굴러 가는 소리만 들린다.

"뭘 쓰고 있는데요."

"뭘 쓰는데?"

얼핏 소설 줄거리 요약하라는 소리를 귓등으로 들은 거 같다.

"줄거리 요약이요."

"무슨 줄거리?"

"소설요."

"어떤 소설?"

아, 시바 왜 자꾸 귀찮게 하는 거야? 근데 국어는 쉽게 포기하지 않을 거 같다. 길어지면 나만 피곤하다. 수정이와 소현이는 아예 책도 없다. 나는 손으로 더듬어 책상 서랍 안에 있는 책을 꺼낸다. 최대한 눈으로 보지 않고 들춘다. 중간 쯤 배운 거 같다. 그쯤에 있는 소설은 〈수난이대〉다.

"수난이대요."

"수난이대가 무슨 뜻이니?"

"수난이 크다는 뜻 같은데요."

애들이 킥킥거린다. 국어가 버릇처럼 이빨로 입술을 씹는다. 국어의 곱슬머리가 비 맞은 것처럼 꼬불거린다.

"제목도, 내용도, 뜻도 모르는데 어떻게 줄거리를 쓰지?"

"우린 배운 걸로 할게요."

"안 배웠는데 배운 걸로 하겠다? 그건 너희 자신에 대한 속임수 아니니?"

지는 안 속이고 사나. 꼭 샌님같이 생겨가지고.

"그건 니들이 스스로를 죽이는 거잖아? 계속 그렇게 살고 싶니?"

일이 꼬일 거 같다. 국어는 좀처럼 화를 내지 않지만 한 번 화내면 무섭다. 뿌리를 뽑는다.

"아니요!"

우리는 동시에 외쳤다. 수정이도 소현이도 눈치를 깐 거 같다.

"다른 방법을 생각해 보자. 니들은 수업에 집중하지 않아 줄거리 쓰기가 어려울 거다. 어떻게 할까? 니들 얘기를 써 보는 건 어때?"

"무슨 얘기요?"

"니들 늘 하고 있는 화장 얘기."

"또 화장 얘기요?"

"한번 써 볼래?"

"뭘 써야 하는데요?"

"화장하는 이유를 솔직하게 한번 써 봐라. 왜 화장하는지부터, 화장하면 뭐가 좋은지, 학교에서 화장을 못하게 하는 것에 대해 어떻게 생각하는지, 너희들 화장하는 것에 대해 부모님은 어떻게 생각하는지, 처음 화장은 언제 어떻게 시작했는지, 화장품 비용은 어떻게 마련하는지."

아, 또 뻥친 게 마음에 걸린다. 그것까지 문제 삼으면 정말 문제가 커진다. 뻥은 걸리면 무조건 강제 전학이다. 아, 시바 좀 참는 건데.

"수업 시간에도 왜 화장품을 손에서 놓지 못하는지까지 쓰면 더 좋고."

"알써요."

수정이가 얼른 받는다. 저 기집앤 정말 여우다.

"왜 써야 돼?"

나는 쓸 마음 상태가 아니다. 연필도 잡기 싫다. 내 손은 블러셔를 쥐고 있다.

"우리가 왜 이런 걸 알려 줘야 돼? 이건 개인 신상 정보잖아?"

소현이는 계속 거울을 보며 입으로만 종알종알 거든다.

"그래도 써 주자. 착하잖아. 크게 뭐라지도 않고."

화장하면 이뻐지고 이뻐지면 기분 좋다. 근데 학교가 괜히 지랄한다. 내 몸 내가 단장하는데 학교가 왜 간섭하나? 누가 뭐라든 나는 내가 하고 싶은 대로 한다.

써 놓고 보니 더 쓸 게 없다. 수정이는 하나하나 자세하게 쓴다. 기집애 얼굴이 제법 심각하다. 남친이 다른 기집애 만나 가 버린 뒤처음 보는 얼굴이다.

"왜?"

"왜 쓰라고 했는지 알겠는데."

"뭔데?"

"그냥……나를 돌아볼 수 있는 거 같아."

"이 기집애, 왜 갑자기 철학하고 그래? 재수 없게."

정말 저런 것들이 젤 재수 없다. 괜히 뭔가 있는 척하고 폼 잡고. 근데 좀 꿀리기도 한다. 수정이가 쓴 것을 곁눈질로 본다.

화장해야 마음이 편해지고 사는 것 같다. 학교에서 화장 못하게 하는 것은 월권이다. 누구도 학교에 그런 권한을 준 적이 없다. 부모님은 화장하는 거 반대하지 않는다. 초등학교 때부터 했는데 왜 새삼 반대하겠나? 화장품 값은 최대한 용돈으로 해결한다. 그래서 용돈이 늘 부족해서 허덕댄다. 그래서 싼 걸 살 수밖에 없다. 얼른 돈 벌어서 사고 싶은 거 원 없이 사 쓰고 싶다. 수업 시간에 화장하는 것은 옳지 않다고 생각한다. 앞으로는 자제하겠다.

이 기집애 정말 여우다. 생각도 있으면서 맹한 척하고 산다. 그러면 뭐가 좋을까?

우리가 써낸 것을 읽고 나서 국어가 위아래 입술을 안으로 집어넣어 이빨로 물었다가 내게 묻는다.

"네 얼굴 주인이 누구니?"

"당연히 나죠."

"다른 사람 시선이 아니고?"

"당연히 아니죠."

"그럼 왜 예뻐지려고 하지?"

가슴이 탁 막힌다. 아, 시바 조낸 머리 복잡한 사람이네! 나까지 머리 꿀꿀하게.

"뭐가 그렇게 복잡해요? 화장하면 예뻐지고 예뻐지면 내 기분이 좋아지는 것뿐인데?"

"정말 그럴까? 그게 전부일까? 다른 사람도 나처럼 예쁘게 봐줄 거라고 생각해서 기분이 좋아지는 거 아닐까?"

"나는 그렇게 생각하지 않는데요. 한 번도 그런 생각하고 화장한 적도 없고요."

"그래? 다른 사람이 예쁘게 봐주지 않는데도 너는 그렇게 열심히 화장을 할까?"

아, 시바 정말 왜 그러는데? 괴롭히려고 작정한 것처럼?

"그게 어때서요? 예뻐져서 내 기분 좋아지고 남들도 예쁘게 봐주면 금상첨화죠."

"그렇겠지. 그러기 위해서 화장을 하는 것일 테니까. 혹시 그런 관계의 틈을 비집고 화장품 회사가 끼어들어 장사를 하는 거 아닐까? 또는 화장품을 많이 팔기 위해 예뻐져야 네 상품 가치가 높아진다는 생각을 퍼트린 것은 아닐까?"

"선생님은 어떻게 그런 생각까지 하고 살아요? 머리 터지지 않아요?"

"걱정되니? 고맙다. 아직 그런 정도는 아니다."

국어가 입꼬리를 올리며 웃는다. 웃음 속이 맑다.

"어떤 거라고 생각해?"

"한 번도 생각해 보지 않았어요."

"그러는 거라면 너는 계속 지금처럼 살 거니?"

"나하고 상관없는 얘기 같은 데요?"

"그래. 쉽게 결론 내기 어려운 문제일 거야. 그래도 가끔씩 생각해 볼래? 네 몸의 주인이 누구인지. 그런 문제가 네 스스로 풀리면 화장하고 안 하고의 문제는 별 문제가 아닐 거야. 너도 너 자신이 누군지 알게 되었을 테니까."

수정이 기집애는 아까보다 더 심각하다. 아, 시바 심각한 것들은 재수 없다.


"이것들이! 야, 니들 아직도 정신 못 차렸어?"

학생 지도 부장 '똥개'가 버럭 소리부터 지른다. 이것들은 일단 소리부터 지르고 본다. 숲에서 처음 만난 맹수들처럼, 길거리에서 맞닥뜨린 조폭들처럼. 게다가 저 인간은 생긴 거부터 짐승이다. 머리통은 하마고 눈은 독수리다. 불뚝한 똥배에서 나오는 소리는 버스 클랙슨 소리와 맞먹는다. 처음엔 '똥배'였는데 어느새 '똥개'로 개명됐다. 선배들 작품이다. 그래도 '똥배'가 훨씬 인간스럽다.

"야, 니들 물티슈 갖고는 안 되는 거 알지? 클렌징 폼으로 싹싹 닦고 와."

'똥개'는 자기 서랍에서 클렌징 폼을 꺼내 준다. 싸구려는 아니다. 저거는 누구 돈으로 샀을까? 지 돈으로 샀을까? 학교 돈으로 샀을까?

오후에 다시 한 화장을 다시 닦아 낸다. 기왕 닦는 거 클렌징 폼을 듬뿍 짜서 꼼꼼히 닦는다. 그래야 얼굴이 안 상한단다. 거울 속에는 낯선 애가 나를 쳐다보고 있다. 콧잔등에 뿌려진 주근깨가 더 낯설다. 저게 나인가? 도무지 봐줄 수가 없다. 저 얼굴을 싹 바꿔 버리고 싶다. 안 되면 짓뭉개 버리고 싶다. 근데 시바 왜 보정도 덧칠도 못하게 하냐고? 아, 시바 존나!

"저것들, 화장 안 하면 저렇게 이쁜데……."

'똥개'가 혀를 찬다. 뭐가 마냥 아쉬운 것처럼.

"야 이 녀석들아, 니들 이 풋풋하게 이쁜 얼굴도 한때야! 좀 있으면 화장하고 싶지 않아도 기미 끼고 주름져서 화장해야 한다고. 그런데 뭐가 그리 바쁘다고 미리 늙지 못해 안달하냐, 이 녀석들아!"

니는 중학교 때 담배 안 폈냐? 니는 중학교 때 빨리 어른 되고 싶어 안달 안 했냐고?

"니들 일루 와."

곁에 있던 학생부 사안 담당 '먹코'가 부른다. 코가 주먹처럼 커서 '먹코'다. 어떻게 저런 코를 달고 살 수 있는지 모르겠다. 돈도 벌면서 얼른 해치우지 않고. 얼굴도 참 두껍다. 보는 사람에 대한 예의도 있어야지. 대단한 여자다.

"얼굴에 뭐가 많이 났네! 화장품 어디 거 쓰니?"

목소리는 나긋나긋하다. 처음엔 코와 목소리가 연결이 안 돼 혼란스러웠다. 그래서 세상은 알 수 없는 말미잘이다.

"'미소'요."

"너는?"

"'자연처럼'요."

근데 왜 물을까? 이런 것도 조사 항목에 포함되나? 참 알고 싶은 것도 많아.

"너는?"

"'플라워 워터'요."

"하나같이 저가 화장품이네. 니들 얼굴에 트러블 생긴 건 알지? 벌써 니들 얼굴에 문제가 생기기 시작한 거야. 더 심해지면 치료 받아야 하고 더 고가의 화장품을 써야 한다고. 피부과 치료는 보험도 잘 안되고 부르는 게 값인데……. 그게 무슨 바보짓이냐? 돈 버리고 얼굴 망치고 시간 버리고 공부 못하고 학교에서 혼나고. 왜 그렇게 살아, 바보같이?"

지잉~

몇 개의 휴대폰이 동시에 운다. 눈은 '먹코'를 보고 손으로 주머니를 더듬어 폰을 꺼내 책상 밑에서 살짝 본다.


금주의 특가 세일!

비비크림, 클렌징 폼, 에멀전 1+1

하나 값에 두 개!

선착순 백 명! ^^얼른 오세요!^^


"1주일에 두 번씩 오지?"

'먹코'가 묻는다. 이 학교엔 귀신들이 너무 많다. '먹코'가 자기 휴대폰을 보여 준다. 내용이 똑같다.

"화장품 가게는 보채고, 니들은 화장 안 하면 못 살 것 같고, 미칠 것 같고. 어찌 하면 좋으냐?"

그냥 놔두면 되지! 그냥 놔주면 우린 조용하잖아!?

"니들을 어째야 옳으냐? 아직 화장 중독 클리닉도 없는 것 같은데…… 보낼 데도 없고."

"그냥 신경 안 쓰시면 서로 편하지 않아요?"

아뿔싸! 입에서 총알이 먼저 발사됐다. 야, 이누리 너 왜 그러는데? 오늘 일진이 이상하다. 내 말을 듣는 기관이 없다. 손도 입도 따로 논다.

"야, 이누리! 너는 1학년 때 공부 좀 했다면서? 근데 왜 그래? 왜 그렇게 살아?"

'먹코'의 코가 더 커 보인다. 저 코를 갖고 산다는 게 신기하다. 나도 살고 싶어 사는 게 아냐. 태어났으니까 사는 거지. 말이 나왔으니까 하는 말인데, 공부해도 안 된다는 거 니들이 더 잘 알잖아? 우리가 어디까지 갈 수 있는데? 우리가 할 수 있는 게 뭔데? 니들은 니들 새끼 스펙이다 유학이다 난리지만 우리는 뭘 할 수 있는데? 마지막 남은 게 이뻐지는 건데 그것마저 못하게 막냐? 니들 가치는 높여도 되고 내 가치는 높이면 안 되냐, 시바?

"생각 좀 해 보자. 어떻게 해야 벗어날 수 있는지. 어떻게 해야 이 중독 상태에서 벗어날 수 있는지. 수정이부터 얘기해 볼래?"

"안 해야죠 뭐."

아, 저 기집애! 저 기집앤 믿을 수가 없다. 저 기집앤 상황 따라 바뀌고 상황을 제게 유리한 쪽으로 바꾼다.

"그렇게 쉬운 걸 못 끊지?"

"노력해야죠."

"그래. 말은 참 쉬운데."

'먹코'도 눈치를 깐 거 같다.

"소현이는?"

"잘 모르겠어요. 뭘 어떻게 해야 할지."

그래도 저 기집앤 솔직하기라도 하지. 그렇다고 달라질 건 아무 것도 없지만.

"누리는?"

나는 그 잘 하는 공부하고 좋은 직업 잡았잖아? 나는 안 되니까, 그건 내 세상이 아니니까 값싼 화장품이라도 사서 노력하는 거라 고. 이뻐져서 한 방에 갚을 거라고. 나도 그럴 듯하게 살고 싶다고.

"이누리, 왜 말이 없어?"

"좀 빨리 이뻐지면 안 돼요?"

"그게 예쁜 거야? 얼굴에 비비크림 덕지덕지 바르고 밤일 나가는 직업여성처럼 입술 붉게 칠하고 다니는 것이?"

"이쁜 건 사람마다 기준이 다르잖아요? 고슴도치도 자기 새끼 얼 굴은 이뻐한다면서요?"

"으이구! 말이 통해야 선처를 하든 뭘 하든 방법을 찾아보지."

그러게 그냥 놔두면 서로 편하잖아? 왜 자꾸 간섭하고 참견하고 괴롭히는데?

"어쩔 수가 없다. 니들은 이미 학생부로 넘어온 몸이고 상습범이고, 그렇다고 말이 통하는 것도 아니고, 버릇을 고칠 생각도 없고, 수업 방해에 교사의 지도 불응까지……. 뭘 어떻게 할 수 있겠니? 교칙대로 하는 수밖에."

저것들은 이해하는 척하면서 꼭 교칙을 들고 나온다. 지들 맘대로 정한 거 가지고. 아, 시바 어떻게 또 처벌을 받는단 말인가? 처벌 끝난지 일주일밖에 안 됐는데. 이대로 날라 버리는 수밖에 없겠다. 책가방은 필요 없고 얼른 올라가서 화장품 가방만 챙기면 된다. 수정이와 소현이가 고개를 젓는다. 비겁한 것들, 후환은 두려워서. 그렇게 겁나는 것들이 무슨 화장을 하냐?

"오늘부터 일주일간 수업 끝난 뒤에 본관 신관 5층까지 모든 계단을 청소한다. 퐁퐁과 락스 섞어서 깨끗하게! 셋이 구역을 나눠 할래, 구역 나누지 않고 전체를 셋이 같이 할래?"

아, 시바 저게 무슨 선택이냐고? 지들한테 유리한 선택지만 내놓고 내가 선택할 선택지가 없는데. 셋이 맞을래, 따로따로 맞을래 묻는 거와 똑같잖아? 나는 맞고 싶지 않다고. 청소하고 싶지 않다고. 학원도 가야 한다고. 아무래도 날라야 할 거 같다.

"같이 할래요."

수정이가 재빨리 말한다. 내 눈치를 까고 선수 친 것이다. 뒷감당하기 싫어서. 저 여우같은 기집애! 저 얍삽한 기집애! 저 의리 없는 기집애!

"그래야 심심하지 않잖아?"

소현이가 내 눈치를 보며 말한다. 이것들이 완전 짜고 하는 게임이다.

본관 5층 위에서부터 3층까지밖에 안 했는데 허리가 끊어질 거 같다. 세제물이 체육복에 묻는 것은 상관없지만 얼굴까지 튀어올라 정말 짱난다. 걸레, 고무장갑 다 내던지고 싶은 걸 간신히 참는다. 아, 시바 오늘은 왜 이렇게 뻗치는 게 많은지 모르겠다. 정말 일진 개진이다. 그래도 뒤돌아서 깨끗하게 닦인 계단을 보면 뻗치는 게 좀 내려가는 것도 같다. 뭔가 뿌듯하기도 하고. 그래도 이걸 어떻게 일주일 동안 한단 말인가? 또 짜증이 뻗친다.

"어라, 우리 학교 청소부 바뀌었네!"

그냥 가면 될 걸 퇴근하던 것들이 꼭 부조를 한다.

"니들이 한 게 더 깨끗하다. 이제 니들이 해라. 돈 받고."

개 버릇 남 못준다더니, 저것들은 누구 하나 그냥 지나가지 못한다. 나이 먹을수록 나이 값 하는 것들 보지 못했다. 우리한텐 나이 값 하라고 발광하면서.

니 딸이나 청소시켜! 돈 받고 니 딸 학교 청소시켜서 부자 돼라!

"청소 깨끗하게 했네! 녀석들 그렇게 깔끔하게 잘 하면서."

두 시간 해서 겨우 본관 신관 끝냈다. '먹코'는 기분이 좋아 보인다. 뭔가 선물을 줄 거 같다. 이제 그만해도 된다는 걸까?

"오늘 청소 잘 했으니까 한 번 더 선택할 기회를 준다. 이번 주 내내 계단 청손데, 계속 청소할래, 아침에 좀 일찍 와 교문 앞에서 10분 동안 피케팅할래?"

그럼 그렇지! 피케팅이 '똥개'의 머리에서 나올 리가 없다. 역시 잔머리의 대가 '먹코'다.

"피케팅요!"

수정이와 소현이가 동시에 외친다. 이것들이 우릴 모독하는 줄도 모르고. 니들은 피케팅하고 다신 화장 안 할래?

"좋아! 피켓 내용은 니들이 학생 화장 금지에 맞게 적절한 내용으로 써오고 피케팅하고 테이프는 내일 아침 교문 앞에 놔둘 테니까 학교 오는 대로 붙여서 들고 있으면 된다. 대신 내일은 화장하고 오면 안 돼!"

"네!"

잘 해 봐라. 나는 내일도 화장해야 하는 몸이니까. '먹코'의 잔꾀에 넘어가지는 않을 테니까. 그런데 자꾸 무슨 주문처럼 국어의 말이 귓가에 울린다.

'니 몸의 주인이 누구지?'

아, 시바 존나 마음 불편하다.

그래도 '먹코'가 시간을 끌어 줘서 다행히 학원 가는 시간을 넘겼다. 엄마가 알게 되도 핑계거리가 있으니까 걱정할 건 없다. 이제 마음 놓고 화장할 수 있다. 얼굴을 씻어 내고 기초화장부터 다시 한다. 베이스로 피부 톤을, 비비크림으로 피부색을 보정하고 컨실러로 잡티를 제거한다. 나는 바뀌고 있다. 내가 원하는 캐릭터가 되고 있다. 아이브로로 눈썹을 그려 넣는다. 텅 빈 눈썹이 채워진다. 아이섀도로 눈두덩에 음영을 주고 아이라이너로 눈이 크게 보이도록 아이라인을 그린 뒤 메이커로 애교살에 음영을 주고 눈물 라이너를 쓴다. 애교가 넘치고 눈물을 머금은 듯한 귀여운 눈이 된다. 마스카라를 하고 블러셔로 뺨에 홍조를 만들고 하이라이터로 얼굴 윤곽을 또렷하게 만든다. 마지막으로 입술에 틴트를 바르고 립글로스로 볼륨감을 준다. 거울 속에는 새로운 나, 내가 원하던 나, 수지보다도 이쁜 내가 있다. 아끼던 티와 청바지를 입고 야상을 걸친다. 사람이 새로 태어난다는 게 바로 이거다. 니들은 죽었다 깨도 모를 테지만.

가로등이 별빛처럼 켜진다. 저절로 고개가 들린다. 세상이 모두 내꺼 같다. 큰 길 사거리 모퉁이에 있는 학원에서 간식 먹으러 나오던 애들이 휘파람을 불어 준다. 가을까지 다니던 학원이다. 기분이 이빠이 업된다.

학원에서 나오던 고등학생 셋이 따라붙는다. 몇 번 본 얼굴이다.

"야, 차 한 잔 어때?"

나는 수정이를 본다. 소현이가 재빨리 말한다.

"오늘 엄마랑 저녁 먹기로 했어. 먼저 갈게."

밤길에 한 번 당한 뒤부터 소현이는 남자만 붙으면 도망친다.

"어, 그래!"

소현이를 보내고 우린 소주방 뒷방으로 간다. 와 본 곳이다.

"와, 니들 오늘 정말 이쁘다! 곧 픽업되겠는데!"

"우리 학교 애 하나도 길거리에서 픽업되서 티비 나오잖아. 잘 해
봐라."

역시 알아주는 건 오빠들뿐이다. 오빠들 입에서 술잔이 거푸 엎어
지고 있다. 나는 한 잔만 먹기로 한다. 화장이 망가지면 안 되니까.

"야, 니들 정말 이뻐! 이쁘다구!"

오빠들 혀가 꼬이고 있다. 내 얼굴을 쓰다듬으려던 손이 자꾸 가
슴을 향해 뻗는다. 나는 수정이에게 눈짓을 한다.

"화장실 갔다 올게."

화장실에서 주방을 통해 뒷문으로 달린다. 시껍했다. 그래도 마
음이 상쾌하다. 술기운이 아직 남아 있어 걷는다. 사람들이 모두 나

만 쳐다본다. 살 거 같다. 괜히 피시방에 들어가 한 바퀴 둘러보고 나온다. 저것들은 게임 모니터에 눈을 박고 있느라 정신이 없다. 재수 없는 것들!


"이 기집애가 어디 싸돌아다니다 이제 들어오는 거야? 학원도 안 가고 이 밤중에! 핸드폰도 안 받고, 납치라도 된 줄 알았잖아? 경찰서에 신고하러 막 나가려고 했는데. 너는 겁나지도 않냐, 이 험한 세상이?"

"안 그럴게요. 낼부터 일찍 들어올게요."

우선 숙이고 들어가야 한다. 패트런을 우습게 알았다간 나만 손해다.

"아빠 오시기 전에 빨리 씻고 자! 낼 아침 못 일어난다고 속 태우지 말고."

"네, 마미!"

이 잘 된 화장 지우기 싫다. 귀찮기도 하고. 낼 또 화장하다 지각할 테고, 지각하면 또 벌 받고 어렵게 한 화장 교문에서 물티슈로 지워야 되고. 그냥 자자. 아, 오늘 정말 일이 많았다, 생각하는 순간 잠에 떨어졌다.

얼굴이 답답해서 깼다. 이불에 비비크림이 잔뜩 묻어 있다.

인간이 어떻게 하고 싶은 짓만 하고 사니? 귀찮아도 할 건 해야지. 나는 어느새 국어의 흉내를 내고 있다. 피식 웃음이 나온다. 클렌징 폼으로 닦아 내고 세수를 한다. 낯선 얼굴이 거울 안에 있다. 얼른 이불을 뒤집어쓴다.

엄마가 깨우는 소리가 들린다. 눈도 뜨이지 않은 머릿속으로 피케팅 풍경이 들어온다. 아, 시바 학꿀 안갈 수도 없고 가려면 피케팅 안 할 수도 없고.

화장을 안 할 수도 없고, 그렇다고 할 수도 없고.

주근깨만 가리도록 엷게 화장을 하고 A4 용지 두 장을 이어 붙여 재빨리 쓴 뒤 가방에 넣고 달린다. 10분 일찍 가야 한다.

'화장품 회사 돈 벌어 주려고 내 피부 망칠 수 없다.'

아부의 극치다. 역시 수정이다. 여우같은 기집애. 어떻게 저런 소릴, 마음에도 없는 소릴 할 수 있는지 알 수가 없다.

'우리는 쇼윈도 상품이 아닙니다. 우리는 살아 있는 인간입니다.'

소현이는 좀 알쏭달쏭하다. 풍자인가 중의인가? 그걸 염두에 두고 썼을까? 저 똘이?

'아침부터 물티슈 쓰지 맙시다!'

내 팻말을 본 것들이 낄낄거리다가 교실로 들어간다. 그래도 웃음소리가 맑다. 아침 햇살이 눈을 찌르며 묻는다.

니 몸의 주인은 누구니?

그만 서 있고 싶다.

"야, 너 그게 뭐야? 반항하는 거야?"

'똥개'가 또 시비다. 저거는 소리밖에 지를 줄 모른다. 니는 교양이란 것도 없니? 하라고 해서 하는 데 왜 또오~?

"화장 안 하면 물티슈 쓸 일 없잖아요?"

"은유에요, 은유! 아시죠, 은유?"

소현과 수정이 대신 나선다. 저것들은 맞춰줄 줄 안다. 저것들은 잘 살 거 같다. 나는 멍청해서 안 되는 걸까? 그러나 그렇게 살고 싶지는 않다. 그런데 국어의 질문이 자꾸 마음을 불편하게 한다.


아, 시바! 세상은 하기 싫은 일과 하지 못하는 일, 머리 꿀꿀한 일로 가득 차 있다. 그리고 여우들로. 조낸!

# 세 별 이야기

———

## 구자명

경북 왜관 출생으로, 1997년에 〈작가세계〉에 단편 소설 〈뿔〉을 발표하
면서 등단했다. 소설집 《건달》《날아라 선녀》, 에세이집《바늘구멍으
로 걸어간 낙타》《던져진 돌의 자유》, 2인미니픽션집《그녀의 꽃》등이
있으며, '제 7회 한국가톨릭문학상 한국소설문학상'을 수상했다.

우주력 100억 년에서 200억 년 사이 알 수 없는 시점에 태어난 수많은 은하계 별들 중에 알 수 없는 기준에 의해 '벨라지오 형' 행성으로 분류되는 두 개의 작은 별이 있었다. 이 두 소행성의 이름은 '지키오'와 '바꾸오'. 이 명칭들의 어감이 시사하듯 각각의 별에는 유다르고 편향된 특성을 지닌 백성들이 거주했다.

그들은 생긴 모습부터 확연히 차이가 났다. 생겨난 지 더 오래된 별인 지키오 행성의 백성들은 두상과 몸매가 둥근 꼴이었다. 신체의 모습은 그 지름이 상하 또는 좌우로 짧거나 길거나 해서 개개인의 차이가 있었지만 눈동자는 하나같이 오른쪽으로 쏠린 사시였다. 이것은 그 행성 백성임을 증명하는 증표와도 같았다. 훨씬 뒤에 생겨난 별인 바꾸오 행성에는 네모난 두상과 네모난 몸매를 한 백성들이 살았다. 이들 역시 상하 혹은 좌우로 길든지 짧든지 해서 개별적 차이를 드러냈지만, 눈동자가 모두 왼쪽으로 쏠린 사시란 점에서는 모든 백성이 같았다.

이렇게 다른 신체적 특성을 지닌 두 행성의 백성들이건만 그들은 각기 멀리 떨어진 자기 별에서 오랜 시간 평화롭게 살았다. 일제히 한 방향을 보는 시각에 기초하여 만들고 발전시켜 온 사회제도가 개개인의 소소한 욕구 차이를 아우르기에 별 무리가 없었던 것이다.

지키오 행성 백성들은 무엇이든 예전의 방식대로 하기를 좋아하여 한번 자신들이 추대한 지도자 집단을 수백 년 동안 싫증 내지 않고 기꺼이 따랐으므로 그 세력은 자연히 행성의 지배 계층으로 자리 잡고 세습까지 해가며 대대손손 그 권한을 누렸다. 그러다 보니 더 가진 자들은 계속 더 가진 자로 살고 덜 가진 자들은 계속 덜 가진 자로 살았으나 지키오 백성들은 별 불만을 품지 않았다. 태어나서부터 그런 세상 속에서 살아왔기에 삶이란 원래 그런 거라고 이해하고 적응할 뿐이었다. 그런 가운데 지키오 행성은 느릿느릿 안온한 역사를 이어 갔으며 나름대로 풍요로운 문화를 자랑하게 되었다. 안정과 평화의 세월이 오랫동안 지속되었다. 그러다가 알 수 없는 우주적 조화의 작용으로 그 평온은 균열의 계기를 맞게 되었다.

그 균열은 지키오의 하층민 백성들이 수십 세대에 걸쳐 피땀 흘려 축조한 백만리장성이 완성된 것과 때를 같이했다. 장성의 위용을 가장 가까운 이웃별인 바꾸오 행성의 백성들이 보게 됐을 때 그들은 충격을 받았다. 지키오와 달리 바꾸오에서는 옛 것의 계승을 좋아하지 않았을 뿐더러 이전 방식의 답습을 죄악시하는 경향까지 있었다. 당연히 지도층은 수시로 바뀌었고 누구도 경륜이나 기득권을 내세워 득세할 생각을 하지 못했다. 모든 것이 그때그때 사안에 따라 새롭게 선출된 리더들의 지도 하에 새로운 방식으로 전개되고 진행되었으며, 아무도 어떤 일에서건 장기적인 권한을 갖지 못했다. 그들에게는 '변화'만이 변함없이 유효한 치세 이념이자 전략이기에 전통과 경험의 온축은 제아무리 쓸 만한 것이라도 평가받기 어려웠다. 이렇게 끝없이 변화에 변화를 거듭하며 달려온 바꾸오 행성은 절대 권력이라든가 절대 권위 따위와는 무관한 구조 속에 모든 백성이 평등한 권한과 의무를 가지며 그 나름 태평 시대를 오랜 세월 이어갔다. 그런데 세우고 무너뜨리기를 무수히 반복하는 변동의 급류 속에서 그 행성은 스스로 걸어온 진화의 과정을 증거할 흔적물을 별로 보존하지 못하였다. 그런 아쉬움에 대한 여론이 바꾸오 행성 백성들 사이에서 조금씩 일기 시작할 무렵 이웃 행성의 몸체를 거대한 뱀처럼 구불구불 감아 두른 백만리장성의 엄청난 모습이 그들의 항공 탐사대에서 설치한 위성 레이더망에 잡혔다. 영상 매체를 통해 그것이 방송되어 나가자 바꾸오 백성들은 입을 다물지 못한 채 강렬한 질투심에 사로잡혀 외쳤다. 장엄하도다!

  새로운 학문과 기술의 추구에 있어 늘 기록을 경신해 온 바꾸오 행성의 백성들이었다. 그래서 그들은 우주 과학과 항공 기술에서 괄목할 성과를 이루었고 그 성과에 힘입어 타 행성으로 우주 비행을 여러 차례 시도하기도 했다. 아직까진 가장 가까운 행성인 지키오 별까지 가는 비행조차 온전히 성공시킨 적이 없기에 그들은 그것을 목표 삼아 기술 개발에 박차를 가했다. 지키오보다 나중에 생겨난 행성인 바꾸오는 젊은 만큼 혈기방장하고 패기가 넘치는 별이었다. 무언가 목표를 정하면 뒤돌아보지 않고 전력 질주하는 것이 그 행성 백성들의 기질이었으므로 지키오 행성 원정은 오래지 않아 실현이 가능해졌다. 소수 정예팀을 태운 첫 우주선이 발사되어 성공적 착륙이 확인되자 바꾸오 행성은 축제 분위기에 휩싸였다. 그 기세를 몰아 2차 정예팀이 곧 꾸려졌고, 그 역시 성공하자 이번에는 대규모 단체여행이 기획되었다. '그 별에 가고 싶다 — 지키오 행성 여행 러시'라는 표제의 기사가 연일 바꾸오 행성 매체 뉴스에 톱라인으로 올랐다. 이렇게 해서 수백 명에 달하는 대규모 여행팀이 꾸려졌고 그 또한 1차, 2차의 성공과 함께 누구나 갈 수 있는 여행으로 대중문화 속에 자리 잡았다. 외계어인 지키오어 배우기 열풍이 분 것은 물론이다.

그러는 동안 지키오 행성에서는 정신없이 쏟아져 들어오기 시작한 바꾸오 관광객들을 어떻게 수용해야 할지 고민에 빠졌다. 처음에 몇 명씩 올 때는 외교 사절을 대하듯 일편 경계하는 가운데 정중한 예의를 갖춰 대했으나 한 철에 여러 차례 수십 명씩 무리 지어 들어오기 시작하자 외계민 정책을 세울 필요가 대두되었다. 잠시 관광만 하고 돌아가는 것이 아니라 개중에는 무리에서 이탈하여 불법 체류까지 하는 사태가 심심찮게 벌어졌던 것이다. 정부에서는 각료 회의를 열어 대책을 논의했는데, 백성의 노령화로 노동력 부족을 심각하게 앓고 있던 산업계 대표가 분야별 쿼터를 정해 취업 이민을 받아들이자는 제안을 했다. 산업계 노동력 문제의 심각성을 익히 알고 있던 각료들은 모두 찬성했고 곧 이어 외계민 취업 이민 관련 법안을 통과시키게 되었다. 지키오 행성 백성들은 정치, 철학, 역사, 예술 등 인문·사회과학 부문에 비해 과학 기술 발전에는 크게 힘쓰지 않고 살았기에 자연풍광이 수려하고 훼손되지 않은 청정 환경을 자랑할 수 있는 한편 신학문이라 불릴 만한 자연과학·기술 부문에서는 바꾸오 백성들에 많이 뒤졌다. 해서, 그들은 취업 이민

쿼터에서 기술 이민 쿼터를 가장 높게 잡았다. 그 쿼터에는 의사, 과학자, 엔지니어 등과 함께 단순 산업 기능공이 포함되었다. 문제는 최소 쿼터로 이민이 허용된 테크노크라트, 즉 기술 관료들이 그 적은 수에도 불구하고 행정계에 변혁의 바람을 일으켜 지키오 백성들에게 다른 방식의 삶에 흥미를 갖도록 한 것이었다.

장대한 성곽, 고색창연한 사원, 전통 미술품과 유물로 가득한 박물관, 숭엄한 제사 의식, 역대 현인들의 저서를 천정 높이로 소장한 도서관, 일 년에 서너 벌 이상 지어 입기 어려운 수제 천연직물 의상들, 오랜 시간에 걸쳐 완성하여 맛과 영양이 깊은 재래 음식들, 저녁 시간을 풍성하게 하는 전통 소리꾼들의 구수한 입담과 심금을 울리는 노래……. 이런 것들 말고도 자신들의 삶을 한층 더 흥미롭고 편리하게 만들어 주는 기술 문화가 있다는 것을 지키오 백성들은 그 외계 테크노크라트들이 제시해 보인 선진 행복제도를 통해 알게 되었다. 그 제도의 첫 단계가 바꾸오 행성 백성들의 필수품인 휴대용 전화기를 수입하여 대중 보급하는 것이었다. 행성 전통과 사회 문화의 근간을 흔들어 놓을 수 있다는 우려와 반대가 만만치 않았지만 지키오 역사상 처음으로 행성민 투표를 한 결과 약간 웃도는 수의 찬성표를 얻어 그 제도는 첫 단추가 끼어지게 되었다. 바꾸오 별에서 수입하여 지키오 생활 방식에 맞게 개조한 휴대 전화, 일명

바지폰은 대단한 반향을 일으켰다. 지키오 백성들의 삶은 바지폰 이전과 이후로 나누어 얘기할 수 있을 만큼 변화를 보였다.

그것은 영원히 변치 않을 것 같던 그 사회의 통치 구조마저 시험대에 올렸다. 실시간으로 무한 소통을 할 수 있게 된 지키오 백성들은 자신들의 생각을 점점 구체적이고 대담하게 표현하게 되었다. 서로의 생각을 무시로 주고받는 가운데 이전에는 감히 발설하지 못했던 정치적 의견에 대한 공감을 확인하고, 공론을 형성하는 시스템을 구축하여 익명으로 그 공론을 유포하기에 이르렀다. 누구네 집 가장이 성곽 보수 공사에서 임금을 제대로 받지 못한 채 해고됐다는 등의 개별적 불만 표출에서부터 정부 최고 지도자의 선출은 세습이나 각료들의 추대가 아닌 행성민 투표로 결정해야 한다는 식의 체제 전복적인 발언에 이르기까지 온갖 어지러운 여론들이 그 행성의 지배 구조를 흔들기 시작했다.

그러나 오랜 세월에 걸쳐 기반을 굳혀 온 지배 계층이 자신들의 기득권에 위협이 될 조짐을 그냥 두고 볼 리 없었다. 그들은 서로 간에 결속을 다지는 한편 행성의 경제력과 군사력을 장악할 통수권을 강화하고 백성들의 사상 재교육을 실시했다. 워낙에 둥근 신체에 우측 방향 사시를 타고난 지키오 행성의 백성들은 자신들의 오른쪽에서 사상범 수배용 고탄력 그물로 배수진을 치고 집중 공략하는 지도자들의 계도에 대부분 제정신을 차리기 시작했다.

　왼쪽 방향 사시들로 네모꼴 신체를 가진 바꾸오 출신 이민자들은 그런 지키오 백성들의 생리가 이해되지 않았다. 왜 우리가 보는 방향을 보지 못하는 것인가? 어째서 세상의 왼쪽에서 전혀 다른 현실이 펼쳐지고 있다는 걸 알려고 하지 않는단 말인가? 그들은 자신들의 관점과 능력을 지키오 사회에 적용시켜 더불어 살기에 좀 더 편리한 세상을 만들어 보려 했던 선의가 이리도 쉽사리 좌절되고 만 것에 분노했다. 바꾸오 이민자들은 자신이 속한 일터나 공동체에서 점차 시니컬하고 위악적인 목소리로 자기 정체성을 표현하기 시작했다. 머지않아 지키오 사회에서는 어느 집단에서 불온한 언행으로 분열을 조장할 위험이 있다고 간주되는 자를 무차별적으로 '바꾸오 빨갱이'라고 부르는 등 반외계민 색깔론까지 생겨났다. 이에 바꾸오 이민자들은 대개가 자신들의 고용주거나 상사인 원주민 기득권층을 '지키오 파시스트'라 맞받아치며 호시탐탐 비난하기에 이르렀다. 이러한 양측의 다수 성향에 동조하지 않는 소수 중도파, 속칭 '철새'들이 틈새를 헤집고 다니며 목청 높여 화합을 촉구했으나 그들 역시 자신들의 특정한 신체적 조건을 극복하지 못하여 결국 오래지 않아 자가 도태의 길을 걷게 되었다.

　바꾸오 이민자와 지키오 원주민 사이에서 시도된 변혁·보수의 융합 실험은 이렇게 짧은 시간 내에 실패로 판명이 났다. 이후 양측은 각자 제 생긴 대로 시선을 둔 채 제각기 이전투구의 삶을 이어갔다. 어쩌다 한 번씩 양측에서 별종 백성이 튀어 나와 먼 길을 선회하여 다른 쪽 입장에 서보고 와서 그 타당함을 전하기도 했으나 극히 드문 일이었으므로 아무도 신경 쓰지 않았다.

그 몇 안 되는 별종 중에 누가 듣건 말건 줄기차게 자기 소신을 피력하고 다니는 이민자가 하나 있었다. 이 소신파 유세객은 지키오 원주민 사회를 향해서는 개별적 민권의 강화를, 바꾸오 이민자 사회를 향해서는 역사적 연속성으로의 편입을 외치는 어지러운 행보를 보였다. 그는 한때 바꾸오에서 이름을 날렸던 지식인으로서 국가 정책 수립에도 참여하던 엘리트 경제학자였으나 대지키오 무역에 관여하던 중 지키오의 전통 도예가를 만나 사랑에 빠진 후 바꾸오에서 누리던 모든 기득권을 포기하고 이민을 감행한 이였다. 지키오에 온 뒤 테크노크라트로서 한동안 바꾸오 행성의 '선진 문화' 보급의 첨병으로 활약했으나 사회 분위기가 '우향우'로 급복귀하자 설 자리를 잃게 되었다. 그와 함께 지키오 연인과의 사랑도 그녀 가문의 맹렬한 반대로 위기에 처하게 되었는데, 그는 연인을 설득하여 비밀 결혼식을 올린 뒤 함께 고향별에서 온 관광단의 귀성 비행 편에 밀항하여 바꾸오로 돌아갔다. 말하자면 역이민을 한 셈이었다.

그런데 막상 돌아온 그는 가족이나 지인들이 자신과 지키오 출신 아내를 바라보는 눈길이 곱지 않을 뿐더러 그를 변절자 취급하는 대중 여론 때문에 예전처럼 공적 활동을 할 수 있는 상황이 못 된다는 것을 곧 깨닫게 되었다. 생활 대책이 막혀 버린 그는 아내를 데리고 오지로 들어가 대다수 지키오 백성들이 하는 것처럼 자연농법으로 농사를 짓고 짐승을 쳤다. 이렇게 살면서도 이따금 학자 기질을 발휘하여 여러 권 분량의 책을 저술을 하였는데, 그의 아내가 지키오식 전통 도자기를 구워 한 번씩 도시에 나가 팔아온 돈으로 소량 출판한 그 책들은 바꾸오의 언더그라운드 도서가 되어 소수 독자들 사이에 나돌았다. 그 저술들이 일관되게 주장하는 내용의 골자인즉, 바꾸오 사회는 정체된 진보에 갇혀 길을 잃었으며, 그 답보된 진보를 뚫고 나가기 위해서는 행성민들이 각자 자신에게 허락된 자유와 욕망의 한계를 여실히 인정하고 무한 생산·무한 소비에서 제한 생산·제한 소비로 소유의 목표를 재설정해야 한다는 것이었다. 여기에 매 저술마다 후렴구처럼 덧붙여지는 대목이 있었는데, 그가 제시한 돌파구를 빠른 시일 내에 찾지 않는다면 지키오 행성이 봉착한 심각한 계층 간 불균형의 문제를 바꾸오 행성 역시 피할 수 없을 거란 경고였다.

이 별종 사상가가 제멋에 겨워 뭐라고 떠들어 대든, 또 소수 열렬 지지자들이 그를 좇아 오지로 어떠한 시대 역행적 삶을 실험하러 들어가든, 바꾸오 행성의 주류 사회는 아무런 영향도 받지 않았다. 효율의 경제를 중시하는 바꾸오 정부는 지키오 행성의 선진 행복제도가 초기 단계에서 제동이 걸려 더 이상 진척이 없다고 판단되자 그 즉시 대지키오 수출 계획을 전면 백지화시켰다. 그런 한편 지키오산 전통 물품 수입에 대한 수요는 여전해서 지대한 무역 불균형이 꽤 오랫동안 지속되었다.

지키오 행성에서 고향별의 이러저러한 사정을 듣게 된 바꾸오 출신 이민자들은 심기가 편치 않았다. 타행성으로 삶의 터전을 옮길 때는 그럴 수밖에 없는 이유가 있었던 그들이지만 자기들이 아무런 변화를 가져올 수 없는 세계에서 자기 정체성을 접고 그냥저냥 살아간다는 것은 기질적으로 맞지 않았다. 그들은 바꾸오 출신 유전공학자와 의사들을 비밀리에 접촉하였다. 서로 다른 외계 종끼리의 혼종 결합은 유전적으로 불가한 것으로 알려졌으나 그들은 그 문제를 바꾸오 혈통 특유의 집중력과 추진력을 발휘하여 마침내 해결했다. 이후 그들은 열정적으로 지키오 이성들과 결합을 시도했고 이민 1세대가 수명을 다하기 전에 그 보람을 맛보게 되었다. 머리는 네모나고 몸은 둥근 꼴인 새로운 종의 2세들이 속속 태어나기 시작한 것이다. 머지않아 지키오 행성민의 구성 비율은 혼종 백성이 1할을 웃돌게 되었는데, 이때는 이미 지키오 원주민 백성들과 바꾸오 출신 이민자들이 공통적으로 품었던 우려가 주요 사회 이슈로 거론될 즈음이었다.

문제의 해결은 때로 새로운 문제를 야기하기도 하는데, 딱 이런 경우였다.

신종 백성들이 네모난 머리와 둥근 몸을 갖고 태어난 것까진 유전학 전문가들이 예상했던 바였는데, 이들의 눈이 문제였다. 혼종 결합의 당연한 결과라기엔 너무 괴이했다. 이들의 한쪽 눈이 우측 또는 좌측 방향 사시라는 것까지도 받아들일 수 있었다. 그런데 다른 쪽 눈의 눈꺼풀이 위에서 아래로 감기는 게 아닌, 좌측에서 우측으로 또는 우측에서 좌측으로 감기는 돌연변이로 나왔다는 것은 지키오든 바꾸오든 도저히 수용하기 어려운 사실이었다. 더 큰 문제는 이들이 성장하면서 어디로 튈지 모르는 생각과 행동을 하는 체제 부적응 세력, 나아가서 체제 교란 세력으로 자리 잡을 거라는 범사회적 선입견에 어떻게 대응할 것이냐, 하는 것이었다. 신종 아이들의 부모는 무럭무럭 커 가는 자식을 보며 나날이 시름이 더해갔다.

그러던 어느 날, 바꾸오 행성에서 새로운 행성으로 우주 비행을 준비하고 있다는 소식이 들렸다. 그 행성은 태양계라 불리는 젊은 은하에 속하는 별인데, 그쪽의 환경이 '벨라지오 형' 행성들과는 여러모로 달라 시험 비행을 수차례 성공시켰음에도 막상 가서 살면서 탐사를 이어가겠다는 지원자가 거의 없어 지키오 별에 협조를 요청해 온 것이었다. 초기에 부적응으로 인해 많은 희생자가 예상되는 바 가급적이면 행성 공동체에 없어도 좋거나 없는 게 좋을 부류를 보낼 것을 권한다고 덧붙였다. 이 탐사대를 꾸려 보내는 대가로 바꾸오 행성은 이례적인 지원을 제시했다. 핵에너지 개발 기술을 무상 지원하겠다고 나선 것이다.

지키오 행성 정부는 환호했다. 이야말로 꿩 먹고 알 먹기가 아닌가! 골치 아픈 신종 아이들과 그 고약한 번식을 책임져야 할 부모들을 그리로 보내 버리면 익히 예상되는 임박한 사회 혼란을 미연에 방지하게 될 것이다. 거기다가 점점 늘어나는 백성들의 평균 수명과 견제 정책에도 불구하고 자기 증식을 포기하지 않는 이민자들로 빠르게 고갈되고 있는 화석 에너지를 충당할 대체 에너지를 갖게 될 희망도 생기지 않는가! 지키오 정부는 유례없이 신속하게 움직여 바꾸오 행성의 요청에 부응하는 단계적 실행책을 수립하고 그에 필요한 조치를 실시했다. 향후 얼마간 세월을 십여 차에 걸쳐 '꼬리아 행성 이주 프로그램'을 실행한 결과, 지키오 행성에서 혼종 결합으로 태어난 신종 백성들은 거의 자취를 감추게 되었다.

그 태양계 행성에 '꼬리아'라는 이름이 붙여진 데는 좀 어처구니 없는 사연이 있다. 맨 처음 정부 관리가 어느 혼종 가족에게 가서 그 행성으로의 이주를 종용하자 그 집 가장이 별의 이름을 물었다. 관리가 아직 이름을 모른다고 하자 그 가장이, 이름도 모르는 델 가란 말이오? 별꼴이야! 하고 대꾸한 데서 그 행성은 '별 꼬리아'란 임시 명칭을 갖게 되었다. 그러다가 나중에 가서도 뾰족한 대안이 없어 그대로 정식 명칭이 되었다고 한다. 알고 보면 우주에는 이처럼 어처구니없는 배경에서 생겨난 것들이 허다하다. 이를 나중에 꼬리아 행성의 어느 철학자가 '필연의 우연'이라고 명명했다고 한다.

별 꼬리아로 이주한 지키오의 혼종 백성들이 험난한 개척기를 거쳐 그곳에 완전한 정착을 이뤄낸 지도 수백만 년 이상의 알 수 없는 세월이 흘렀다.

꼬리아 백성들은 나름대로 융성한 문화와 자유 분방한 제도들을 일구었는데, 그들은 신체의 모습이나 사고방식, 행동 양태 등이 하나같이 고유하고 차이가 나서 어느 한 가지 절대 기준으로 삼을 만한 것이 없었다. 하지만 혼돈 속에 알 수 없는 질서가 있어 모두 다른 가운데 묘한 조화를 이루고 살았다. 이 현상을 후대의 꼬리아 행성 과학자들은 '카오스 이론'이란 것으로 정립해 발표하기도 했다. 꼬리아 백성들은 둥근 몸, 네모난 몸, 세모꼴 몸, 육각형 몸, 좌우 사시, 상하 사시, 좌우상하 동시 사시……. 이루 다 열거하기 어려울 정도로 다양한 모양의 신체들로 진화해 나갔고, 생각이나 행동 양상도 팔만 가지에 백팔만 변수를 곱해도 모자랄 정도로 제각각이었다.

카오스 이론에 신빙성을 부여하는 꼬리아 행성의 일상적인 사건 하나를 예로 들자면 이런 것이 있다.

어느 교회에서 한동안 자리를 비웠던 원로 목사가 강론대에 올랐다. 그가 매우 의미심장한 우주적 진리를 설교하고 나서 두 손을 높이 쳐들며 큰 소리로 감사를 올리자 강론대 아래에 있던 모든 신도들이 '오, 주님!' 하고 화답하며 함께 손을 들어 올렸다. 그러자 그 목회자는 '주님이라니, 누가 여러분의 주님이란 말입니까? 오늘 제가 전한 진리의 소식을 제대로 이해하지 못하셨군요. 주님은 우리 각자의 마음에서 찾아야 할 대상이지, 빈 허공 어느 곳에 계신 분이 아니란 말입니다.' 하고 꾸짖었다. 한 신도가 되물었다. "그럼 목사님께서 방금 누구에게 감사를 올린 것입니까?" 바로 그때 2층 발코니에 앉아 있던 공무복 차림을 한 자가 벌떡 일어나 1층 홀의 좌중을 주목시키더니 목사 대신 대답하였다. "아, 그건 내게 보낸 감사일 겁니다. 검찰 송치 전에 한 번만 더 예배를 올리게 해 달라고 해서 허락한 것에 대한 인사로……." 이튿날 꼬리아 행성 대표 일간지 사회면에는 그 일과 관련 다음과 같은 요지의 기사가 올랐다.

'△△교회 재산 횡령 혐의 및 부적절한 이성 관계로 입건된 ○○○
목사, 검찰 송치 직전 고별 설교. 감동적 진리의 말씀에 은혜 받은
신도들 울먹이며 검찰청에 몰려와 ○○○목사 사면 청원.'

하지만 그 목사는 꼬리아 행성의 법대로 재산 몰수와 십년 형을
선고 받았고, 워낙 연로한 그는 1년 형을 채 못 마치고 감방에서 병
을 얻어 생을 마감했다. 가족이 돌보지 않는 그의 시신을 수습하여
장례를 치러 준 이는 그의 내연녀로, 이후 그녀는 목사 신령을 모시
는 유명한 만신이 되었고, △△교회에 가장 많은 기부금을 내는 익
명의 세월을 거쳐 결국 그 교회 여장로가 되었다.

이처럼 다른 행성 백성들의 기준에선 말도 안 되는 걸로 치부될
일들이 꼬리아 행성에서는 어렵지 않게 수용되었다. 어떤 일이든
'그럴 수도 있지.' 하고 재고해 보는 관용의 심성을 지닌 꼬리아 백
성들이었지만 그런 한편 제각기 너무 다르기에 크고 작은 마찰들을
피해갈 수 없어 행성은 늘 시끄럽기 그지없었다. 하지만 한 가지, 다
옳다는 것에도 틀린 것이 있을 수 있고 다 틀리다는 것에도 옳은 것
이 있을 수 있다, 라는 원칙만은 건국 이념처럼 존중하기를 서로에

게서 기대했다. 그들은 이 대원칙을 지키기 위해, 서로 죽고 죽이는 치명적인 싸움은 절대 하지 않았다. 오랜 세월이 지난 후 더 많은 행성들의 생명체들이 자유롭게 왕래하는 시점이 되면 이른바 '별들의 전쟁'이라 명명될 범우주적 전란의 시기가 도래하게 될 것이라 사계의 학자들이 예견했다. 하지만 그때가 와도 꼬리아 행성은 스스로를 '중립의 행성'으로 선포하고 평화의 별로 남겠다는 결의를 행성민 헌장에 주요 조항의 하나로 못 박아 두었다. 그 이상주의적 민의가 어떻게 변천되어 갔는지 보여 주는 기록이 훗날에 나오지 말란 법이 없지만 지금까진 알려진 바가 없다.

알 수 없는 우주력의 어느 시점에서, 꼬리아 행성의 한 아이가 밤하늘을 바라보며 별을 세고 있다가 옆에 다가온 제 어머니에게 물었다.

"엄마, 저어기 제일 빛나는 큰 별에서 우리 조상들이 왔다고 했지?"

어머니가 아이의 별모양으로 들쑥날쑥한 머리통을 쓰다듬으며 대답했다.

"그래, 그게 지키오 별이야. 날이 맑아 그런지 오늘은 좀 더 멀리 있는 별도 보이는구나. 저어기 저쪽에 있는 건 우리의 첫 조상 할아

버지가 태어난 바꾸오 별이야."

꽃향기 아련히 감도는 봄날 저녁, 모자는 이미 수 광년 전에 핵폭발로 사라져 빛으로만 남은 두 행성을 바라보며 마치 고향 땅이라도 목격한 듯 즐거워했다.

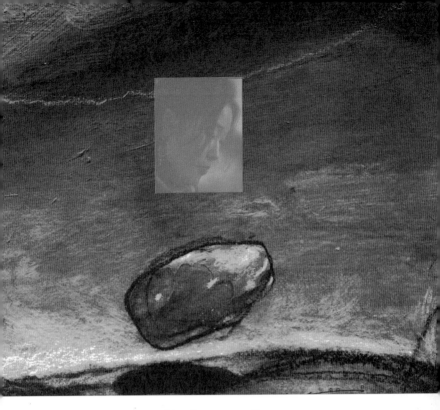

# 빨간 모자

———

최서윤

1996년 〈소설과 사상〉으로 등단, 지은 책으로 소설집 《길》이 있다.

설날 친척들이 모인 자리에서 영수는 지난 주말에 겪은 얘기를
했다. 자랑삼아 떠든 게 아니라 저녁을 먹고 가라고 붙잡는 외할머
니에게 저녁에 갈 곳이 있다고 말하다가 그 얘기가 나왔다.

　"그래, 잘했다. 남자는 그런 일도 겪으면서 성장하는 거야."

　외삼촌이 말했다.

　"어떤 입장으로든 경찰서에 자주 드나드는 것은 좋은 게 아니니
까 앞으로는 웬만하면 그런 일 생기지 않도록 조심해."

　외할머니가 말씀하셨다. 영수도 말조심해야겠다는 생각을 했었
다. 무심코 한 말 한마디가 엄청난 분란을 일으킬 수 있다는 것을
경험했기 때문이다.

영수는 경찰서에 들어가서 담당 형사 책상 앞으로 갔고 엄마는 입구에 있는 소파에 앉아서 책을 읽으면서 영수가 하는 말을 들었다.

"아니, 그게 아니구요, 그 형이 갑자기 저를 노려보더니…… 아니요, 매장에 서너 명? 모두들 관심도 없었어요. 아니, 그게 아니라…….."

금방 끝날 줄 알았던 일이 지루하게 이어지는 질문과 계속되는 그게 아니라고 말하는 영수의 말을 일일이 컴퓨터에 쳐 넣으며 진행되는 시간이 삼십 분을 넘고 있었다. 영수 엄마는 뭔가 이상하다는 생각이 들기 시작했다. 형사의 질문에 계속 아니라고 번복하던 영수도 이상한 생각이 들었는지 물었다. 형사가 보고 질문을 하는 것은 며칠 전에 병철이 와서 검사한테 제출한 고소장이었다.


설 전 마지막 휴일이어서 백화점 손님이 많을 것 같았다. 어제도 하루 종일 매장이 붐볐다. 일하는 시간에 담배를 피우러 나가는 형들 때문에 더 힘들었다. 영수는 탈의실에서 제복으로 갈아입었다. '빨간 모자'를 쓰고 거울 앞에서 심호흡을 한번 하고 탈의실을 나왔다.

영수가 하는 일은 백화점 고객들의 짐을 주차장이나 택시 타는 곳까지 들어다 주는 것이다. 손님을 기다리려고 계산대 옆으로 갔을 때 병철이 조금 떨어진 곳에서 그를 노려보고 있었다. 설마 나를? 주변을 둘러보다 다시 그 쪽을 보았을 때 분노의 눈빛이 그를 향해 다가오고 있었다. 그리고 왜 그런지 생각할 겨를도 없이 병철에게 멱살이 잡혀 끌려갔다. 병철은 철문을 열고 스태프만 다니는 좁고 어두운 통로로 영수를 끌고 들어가 빨간 모자를 툭 쳐서 날리고 말했다.

"너, 내가 만만해 보여?"

영수는 어둠 속에서 목이 조여 오자 괴력이 생긴 듯 덩치 큰 병철을 밖으로 끌고 나오며 소리쳤다.

"여기 환한 데서 때려 봐, 이 양아치 새끼야!"

영수는 자기가 무슨 말을 하는지 모른 채 고래고래 소리를 질렀다. 병철이 미친 새끼, 똑바로 말하라고 하는 말에 정신을 차린 영수는 그제야 자기가 하는 말이 들렸다.

"너 돈 많이 벌어 놨구나. 쳐 봐, 쳐 봐, 돈 좀 벌자. 경찰 불러야지. 너 같은 양아치 새끼는 맛을 봐야 돼."

사람들 앞에서 망신당하는 것을 참을 수 없는 병철은 옆에 있던 실장이 말리지 않았다면 영수를 한방에 쓰러뜨려 짓밟을 기세였다. 실장 손에 붙들린 병철이 씩씩거리며 노려보고 있을 때 영수는 몰려와 둘러싼 '빨간 모자'들에게 경찰에 신고하겠다고 핸드폰을 빌려 달라고 했다. 아무도 그가 내민 손에 핸드폰을 건네주지 않았다.

영수는 구경하는 사람들을 헤치고 비틀거리며 탈의실로 갔다. 거울을 보니 오른 쪽 목에 붉게 핏발이 선 멍 자국이 선명했다. 잠바 주머니에게 핸드폰을 꺼내 112에 신고를 했다.

잠시 후 출동한 지구대 순경이 두 사람을 경찰차에 태우고 갔다. 파출소에 가서도 영수와 병철의 말싸움이 계속되었다. 영수가 폭행죄로 고소를 한다니까 병철은 모욕죄로 고소하겠다고 맞섰다. 영수는 병철이 경찰 앞에서 진술하는 것을 듣고서야 그가 왜 화가 났는지 알았다.

어제 점심시간이었다. '빨간 모자'들과 밥을 먹는 중에 어떤 형과 일하기 싫다는 말이 나왔다.

"그 형 일 하다가 담배 피러 자주 나가서 우리가 일을 더 많이 해야 돼."

"그 형 지난주에는 오랫동안 외출했다 돌아와서 실장님하고 싸웠어. 사람들한테 나갔다 온다고 말하고 나가서 괜찮다는 거야."

"힘이 세서 그런지 제멋대로야."

영수는 그곳에서 일한 지 얼마 되지 않아서 아이들이 이야기하는 형이 누군지 몰랐다. 힘이 세다는 소리를 듣고서 덩치가 크고 인상이 험악하게 생긴 형을 말하나 보다 짐작하고 물어보았다.

"이렇게 생긴 형?"

영수가 항상 이마를 찌푸리고 다니는 병철을 떠올리고 이마에 주름을 지어 보이며 물었다.

어제 일이 끝난 뒤 저녁 회식 자리에서 어떤 녀석이 영수가 그를 놀렸다고 일러바친 것이다. 병철이 담배 피러 나갈 때 쫓아 나가는 녀석 중 한 놈이 그 특권을 계속 누리기 위해서 충성심을 증명하려고 한 일이었다.

두 사람이 화해를 하지 않자 경찰서로 넘어가게 되었다. 경찰차를 타고 가면서도 두 사람의 입씨름이 계속되었다. 영수가 이런 경우 모욕죄라는 것이 성립되냐고 곁에 앉은 경찰에게 묻자 그렇다고 대답했다. 당한 사람은 자신인데 경찰이 가해자 편을 들어주는 것 같아서 배신감을 느꼈다.

"뒤에서는 국민들이 대통령 흉도 보고 그러는데 그런 사람들도 모두 모욕죄에 걸리겠네요?"

영수가 또다시 묻자 경찰이 멈칫하더니 말했다.

"그렇지."

"그럼, 그 사람들도 다 잡아들이시나요?"

"신고하면 가야지."

"그런 게 법이라면 저는 벌 받을래요."

중·고등학교 시절에 학교 폭력이 기승을 부릴 때 친구들은 물론

선생님들조차도 당하는 아이를 보호해 주지 못했다. 선생님들한테 이르는 것은 그들 천국인 쉬는 시간에 보복의 강도를 높일 뿐이었다. 영수는 모두들 숨죽이고 그들 눈치를 보는 학교가 싫어서 학교를 옮겨 다니면서 고등학교 과정을 마쳤다. 그런데 알바에서 힘으로 협박하는 녀석들을 또 만났다. 이번에는 도망가지 않고 맞서기로 했다. 겁이 날 때마다 공권력이 보호해 줄 테니 걱정 말라던 엄마의 말을 떠올리며 부당한 폭행을 당하면 경찰에 신고하기로 했다.

그러나 현실에 맞닥뜨리고 보니 공권력이라는 것이 그의 편이 아닌 것 같았다. '모욕죄'라는 것으로 방어하는 폭력배를 도와주는 경찰 앞에서 허탈했다. 차창으로 지나다니는 차들과 사람들의 무심한 표정을 내다보며 혼자 멀리 떨어져 나와 있는 것처럼 외로웠다.

*

외출 준비를 하고 있던 영수 엄마는 아들이 파출소로 간다며 전화해 왔을 때 약속을 깨면서까지 갈 만한 일이 아니라고 생각했다. 그러나 영수가 경찰서로 넘어간다며 전화를 또 걸어왔을 때 가 보기로 했다.

그녀가 택시를 타고 경찰서에 갔을 때 아들은 아직 와 있지 않았다. 대기실에서 무슨 특종감이 있을까 해서 기다리고 있던 기자가 곁에서 통화 소리를 듣고 반색했다. 아들 일을 기사 감으로 제공할 생각이 없는 그녀가 입을 다물고 있자 사정을 했다. 수습기자라며 기사화되지 않을 거라도 매일 수첩에 일정량을 적어 가야 한다고 했다. 영수 엄마는 고유 명사를 빼고 아들에게 전해 들은 사건의 대략적인 이야기를 해 주고 나서 덧붙였다.

"학교나 군대 같은 곳에 그런 거 있잖아요. 초년생이나 약한 애 하나 희생양으로 삼아 까불면 혼날 줄 알라고 본보기로 폭력을 휘두르는 거. 관리자가 그런 것을 찾아내서 당사자에게 불이익을 주고 처벌을 하는 책무를 소홀히 하니까 이런 일이 생기는 거잖아요. 그리고 또 대단치 않은 일을 파출소에서 해결해 주지 못하고 아이들을 이런 데까지 데리고 오는 건 또 뭐예요?"

"요즘 경찰들 힘이 없어요. 괜히 중재한다고 끼어들었다가 나중에 누구 편들었다고 당하니까 섣불리 개입하지 않아요."

잠시 후 경찰서 정문 안으로 들어와 선 경찰차에서 영수가 내리고 덩치가 큰 병철이 씩씩거리며 뒤따라 내렸다. 영수는 화가 난 얼굴이었고 목에 붉은 멍 자국이 있었다. 영수와 병철이 경찰서 안으로 들어가고 영수 엄마가 대기실에서 기다리고 있을 때 백화점 실장이라는 사람과 병철의 엄마가 도착했다. 그녀는 영수 엄마 앞에 앉으며 불평을 했다.

"웬 신고를 하고, 법석을 떨고, 저희끼리 해결할 줄 알고 기다렸는데, 왜 어른까지 나서고."

"맞은 사람이 약자니까 신고를 하죠. 댁의 아들이 맞고 왔을 때도 이런 말씀하시나요?"

영수 엄마는 스스로 생각해도 대견하다 싶게 때린 아이가 손해보지 않게 일을 해결할 생각을 하고 있다가 그 아이 엄마가 뚱딴지 같은 소리를 한다 싶자 목소리 높였다.

"그리고 난 우리 아이 역성들러 온 게 아니라 말리려고 왔어요. 무슨 일로 싸웠든 우린 아인 끝까지 말로 했고 폭력을 휘두른 건 댁의 아들이에요. 폭행죄로 고소하는 데까지 가면 누가 손해죠?"

그리고 그 엄마 들으라는 듯 옆에 섰던 실장을 쳐다보며 말했다.

"첫날 일하러 다녀와서부터 무서운 형들 때문에 가기 싫다고 하더라구요. 쉬는 시간이 있는데도 꼭 일하는 시간에 나가서 담배 피우고 들어오기 때문에 걔네들 일까지 하게 돼서 힘들다고, 실장님께 말하라고 하니까 그러면 나중에 일렀다고 혼난대요. 그럼 그냥 견디라고 했는데 이렇게 맞기까지 할 줄 몰랐죠. 요즘 세상이 어떤 세상인데 폭력을 휘둘러요? 교사가 학생들 지도하다가 체벌로 때려도 고소당하는데."

곁에 있던 수습기자가 좀 전에 영수 엄마가 기사 노트를 채워 주어서 그런지 거들었다.

"교사한테 맞은 아이 학부형이 교사한테서 이천만 원을 뜯어내는 경우도 있었어요."

파르르했던 병철 엄마 목소리가 수그러들며 혼잣말처럼 말했다.

"애가 어릴 때부터 얼굴 때문에 놀림을 받아 얼마나 힘들어 했는데 그 콤플렉스를 건드리니 열 받죠."

"우리 애도 폭력이라면 치를 떨어요. 학교 다닐 때 경험한 학교폭력 때문에 폭력에 대한 피해 의식이 있다구요."

"어릴 때 아이가 놀림을 많이 받아서 수술을 시켜 주려고 하다가형편이 안 되서 못해 주었더니…….."

"콤플렉스끼리 부딪친 거 같은데 말로 했으면 이해하고 넘어갈수 있었던 일에 폭력을 휘둘렀으니 때린 사람이 먼저 사과를 해야그 다음에 화해고 뭐고 진행되지 않겠어요?"

병철 엄마는 영수 엄마 말에 대꾸를 하지 않고 자기 말만 되풀이했다. 그때 경찰서 안에서 덩치 큰 형사가 영수와 병철을 데리고 나와 현관 밖으로 나가며 양쪽 부모들을 따라오라고 손짓했다. 차들이 세워져 있는 주차장까지 가서 두 아이와 두 엄마를 앞세워 놓고설명을 했다.

"지금 저 안에서 각자 하는 말을 듣고 나서 내가 설명해 줬어요. 그래서 이 쪽은 모욕죄를 취소했는데 얘는 이 자리에서 바로 취소를 안 하고 시간을 달라고 해서 일주일이 지난 31일, 그러니까 설날인데, 그날 저녁 내가 당직이니까 8시까지 오라고 했어요. 그동안 서로 잘 의논해서 합의를 보세요."

폭력죄는 일단 고소를 하면 나중에 취하해도 없었던 일로 되지 않는다고 했다. 영수가 맞은 곳을 경찰이 사진을 찍었고 사건이 접수되었으므로 공권력으로 처벌을 받는다고 했다.

"그러니까 여기 돈 좀 주고 합의해 달라고 하세요."

경찰이 병철 엄마를 보고 설명했다.

"그렇다고 너무 많이 달라고 하면 안 되고, 적당히 한 이십만 원 정도에서 해결하세요."

이번에는 영수 엄마를 보며 말했다. 그동안 억울해서 눈물이 날 것 같던 영수는 그제야 경찰이 제대로 심판을 내려 주는 것 같아서 속이 시원했다. 그를 때리고 경찰 앞에 가서는 맞고소를 하겠다고 큰소리치던 병철에게서 사과를 받을 수 있는 고지에 올라서게 된 것이다.

집에 돌아오는 길에 우쭐해진 영수는 병원부터 들러서 진단서를 떼겠다고 했다. 내 앞에서 무릎을 꿇고 싹싹 빌기 전에는 고소를 취하하지 않겠다고 결의를 다지며 흥분으로 가슴이 두근거렸다. 엄마와 함께 설렁탕을 먹고 걸어오는데 전화가 걸려 왔다. 백화점에서 같이 일하는 정민이었다.

"그 형 지금 백화점에 와서 네 흉보는데 넌 왜 안 오나?"

"뭐? 내 흉을 봐? 좀 전에 내 앞에서는 사과를 하더니 그게 다 가짜구나!"

전화를 끊고 나서 기분이 상한 영수는 속았다며 병철이 어떤 사과를 해와도 합의를 안 한다고 했다.

"빨간 줄이 가든 말든 고소할 거야."

"너라면 거기 가서 내가 잘못한 놈이야 하고 고개 숙이고 있겠니? 걘 지금 호기로 체면 관리하는 거야. 모자라고 부족해서 그런데 봐줘라. 똑똑하면 아까 너한테 폭력으로 대하지도 않았고 네 귀에 들어갈 일을 떠벌이고 다니지도 않아."

영수는 집에 와서도 흥분이 가라앉지 않았다. 누군가에게 오늘 일을 자랑하고 싶었다. 폭력 앞에서 떨고 있던 아이가 당당하게 맞서 싸운 것을 알리고 싶었다. 외국에서 공부하고 있는 형에게 카톡을 했다. 형에게서 곧장 답장이 왔다. 그가 전한 얘기에 "그래?" 하며 신기하다는 듯 놀라고 기특해 하는 답장을 보고 신이 나서 다시 썼다.

"그 형 빨간 줄 긋게 만들 거야."

이번에 보낸 답장에서는 형의 지루하다는 듯한 표정을 떠올릴 수 있었다.

"그렇게 하지 마. 걔가 널 만만하게 보고 그런 건데 그렇게 어설프게 한 것 보면 그럴 가치도 없는 상대야. 앞으로 또 그런 일 안 당하려면 힘을 길러. 괜히 쓸데없는 데서 힘 빼지 말고."

"어떤 힘?"

"돈이 아주 많거나, 인맥이 빵빵하거나, 학벌이 좋거나, 그러면 아무도 안 건드려."

*

영수가 병철한테 사과 전화를 받은 것은 일요일 밤이다. 저녁을 먹고 나서 책상 앞에 앉아서 책을 보고 있는데 전화가 걸려왔다.

"여보세요."

"영수야, 나 병철이야."

이 형한테 이렇게 양처럼 순한 목소리가 있었다니, 방망이를 쥔 쥐가 머리를 조아리고 있는 고양이 앞에 서 있을 때 심정이 이럴까? 두려움과 함께 매몰차게 복수를 해야 한다는 감정이 뒤엉켜서 무슨 말을 해야 할지 몰랐다. 영수는 두근거리는 가슴을 진정시키려고 빨라지는 호흡을 가다듬고 떨떠름한 목소리로 말했다.

"네, 그런데 왜요?"

"아, 내가 그날 미안했다고 사과하려고."

어느 정도 시간이 흐르자 냉정을 되찾은 영수가 추궁하듯 물었다.

"형, 그날 경찰서에서 내게 사과한다고 해 놓고 백화점 가서 내 욕했다며요?"

"어? 그게 무슨 말이야?"

당황한 병철이 더듬거리며 물었다.

"그때 사과한 것이 진짜라면 바로 가서 내 욕하며 뒷담깠겠어요? 그런 형이 하는 사과를 어떻게 믿고 받아들여요?"

"난 네 욕한 적 없어. 누가 그래?"

"거짓말 말아요. 나한테도 전해 주는 아이가 있어요."

"그게 아니고, 그날 기분이 더럽다고 한 거겠지. 너도 그날 기분이 좋진 않았잖아. 누가 잘못 전해 준 거 같다."

"형도 남의 말만 듣고서 나한테 화냈잖아요."

"그래, 미안하다."

"난 형이 일을 처리하는 방식이 마음에 안 들어요. 경찰서에서 형이 나를 모욕죄로 고발한다며 얘기할 때까지 내가 왜 당하는 줄도 몰랐어요. 만약에 형이 나한테 말해 주었으면 사과했을 거예요. 의도가 아니었지만 형 기분 나쁘게 만든 것에 대해 미안한 생각이 있구요. 그런데 다짜고짜 폭력으로 나오니까 나도 화가 나서 욕하고 그런 거잖아요."

"그래, 미안해. 나도 이제부터 전해 들은 말에 대해 화내기 전에 먼저 확인하고 그럴게."

"충고하는데, 형 그렇게 화부터 내면 언젠가 전과자 돼요."

"알았어. 충고 받아들일게 용서해 줘라."

"생각해 보고 결정할게요. 그런데 형 그날 경찰서에 올 건가요? 아참, 형은 그날 취소했으니까 나만 가면 되지. 알았어요. 그럼 전화 끊어요."

전화를 끊고 나자 지고 있던 싸움에서 역전의 기쁨을 누리는 승리자가 된 기분이었다. 될 수 있는 대로 이 기분을 오래 누리기 위해서 고소를 취소하겠다는 말을 하지 않았다. 그건 오랫동안 아껴 두어야 할 소중한 무엇이었다.

영수가 컴퓨터 앞에 앉아서 〈겨울 왕국〉 OST 음악을 다운받고 있는데 엄마가 빈 컵을 가지러 들어왔다. 마침 잘 됐다는 듯 의자에 등을 기대고 느긋한 자세로 돌아앉으며 의기양양한 표정으로 물었다.

"엄마, 합의금 얼마나 받을까? 15만 원? 20만 원?"

"뭐? 얘가 지금, 무슨 돈을 받아!"

엄마가 깜짝 놀라며 하는 말이 들뜬 기분에 찬물을 끼얹었다. 영수는 의자에서 벌떡 일어나며 소리쳤다.

"그럼 안 받아? 엄만 내가 그 새끼한테 당한 게 아무렇지도 않다는 거야!"

엄마는 영수가 버럭 소리치는 것을 아까보다 더 놀란 표정으로 쳐다보더니 낮은 목소리로 차갑게 말했다.

"알았어. 이제부터 네 일은 네가 알아서 해. 난 네가 물었으니까 내 생각을 말했을 뿐이야."

엄마가 문을 닫고 나갔다. 줄다리기를 하다가 줄을 놓고 떠난 상대 때문에 엉덩방아를 찧은 기분이었다.

그 후 엄마는 영수와 마주치기를 피하는 눈치였다. 영수는 잘못 본 게 아닌가 해서 여러 가지 이유를 만들어서 엄마 방에 들락거리기도 하고 말을 붙여 보기도 했지만 그와 거리를 두고 있는 것이 확실했다.

엄마와 서먹하고 불편하게 이틀을 지내고 나서 주말에 아빠와 함께 아침 식사를 하는 자리에서 물었다.

"아빠, 엄마가 합의금 받지 말라는데 어떻게 하지?"

아빠가 미처 대답할 사이도 없이 식탁의 빈 그릇들을 가져다가 설거지를 하고 있던 엄마가 돌아섰다.

"난 받지 말라고 했어."

아빠는 엄마의 심상치 않은 말투에 목소리를 가다듬어 말했다.

"그래, 너희들끼리 해결하라고 했잖아. 무슨 돈을 받아? 서로 사과하고 이해하고 넘어가는 거야. 이번 일을 통해서 각자 배울 바도 많았는데 그걸로 충분하지."

"그래?"

어제 화를 벌컥 내던 아이가 자기 생각을 되짚어 보는 자세로 묻자 엄마는 설거지를 하던 고무장갑을 벗고 식탁 의자에 앉으며 말했다.

"난 네가 갑자기 버럭 화를 내는 방식이 마음에 들지 않아서 네 일에 상관하지않기로 했는데."

영수는 엄마가 말하는 도중에 끼어들었다.

"엄마가 무슨 돈을 받냐며 경멸하듯 나를 봤잖아? 난 엄마가 내가 당한 것을 가볍게 생각하는 것 같아서 화가 난 거라구."

"알아. 나도 네가 왜 화를 냈는지, 넌 엄마가 네가 겪은 고통에는 공감하지 않고 관대함을 과시하듯 용서해 주라고 충고하는 사람 같아서 화를 냈겠지. 그런데 난 네가 겪은 고통을 이십만 원에 바꾼다는 네 생각에 놀란 거야. 우리 아들이 그것밖에 안 돼?"

엄마가 할 말을 다한 듯 고무장갑을 끼고 일어나 다시 설거지를 했다. 두 사람이 하는 얘기를 듣고 난 아빠가 말했다.

"그래. 넌 그 돈 받으면 나중에 그 일이 생각날 때마다 평생 목에 가시 걸린 기분이고, 그 형은 돈을 줌으로써 옛다 먹고 떨어져라 이것 때문에 경찰을 부르고 그 소동을 피운 거냐? 비웃으며 홀가분해진단 말이야. 너 그깟 이십만 원으로 그렇게 밑지는 장사할 거야?"

*

영수 엄마는 뒤통수를 맞은 기분이었다. 병철은 영수에게 사과 전화를 걸고 나서 그들 모자가 합의금을 받니 마니 하는 일로 언쟁까지 벌이고 있을 때 영수를 '모욕죄'로 고소해 놓았다. 고소를 안 하겠다는 진술만 하고 갈 줄 알았던 영수가 그곳에서 한 일은 고소장에 써 있는 진술에 일일이 항변을 하는 일이었다. 영수 엄마는 더 이상 붙들고 있는 책의 글이 눈에 들어오지 않았다. 경찰서 안을 느긋한 걸음으로 왔다갔다하던 당직 경찰이 영수 엄마 표정이 불안해 보였는지 자판기 커피를 뽑아다 주었다. 종이컵에 담긴 커피를 다 마시고 나자 아들을 보호해야 한다는 급박한 마음으로 두근거렸다. 그녀는 종이컵을 구기며 생각했다.

'경찰이 부모들까지 앞세워 놓고 설명할 때는 폭행죄가 모욕죄

보다 세다는 것을 알려 주었고, 친절하게 돈을 주고 합의하라는 방법까지 일러 주었는데 먼저 고소를 한다?'

　하룻강아지가 범 무서운 줄 모르고 덤비는 것은 아닐 거라는 추측이 들었다. 하룻강아지 뒤에 범에게 마취 총을 쏠 수 있는 사육사가 서 있다는 식의 이야기 진행이 맞을 것 같았다. 그날 주먹이 약한 영수가 경찰을 불러들여 강자와 약자가 뒤바뀐 것처럼 약자가 되어 영수에게 사과를 했던 병철이 배후의 힘을 불러들여서 판을 뒤집을 자신이 있다는 것처럼 보였다.

　'공권력이 어둠의 힘 앞에서 아들을 보호해 줄까?'

　자신이 없었다. 보이지 않는 힘을 의식한 순간 분노와 함께 밀려온 감정은 불안이었다. 아들이 불법 폭력이 난무한 현실을 두려워할 때 공권력이 보호해 줄 테니 걱정 말라고 하던 자신의 말이 무력해질지 모른다는 불안이었다. 공권력이라는 것이 합리적으로 작동하리라는 확신을 가질 수 없었다. 신문지상에 자주 오르는 유전무죄 무전유죄라든지, 권력이 센 쪽으로 판결이 기울어지는 것 등등 그녀와 관계없는 일인 줄 알았다. 커다란 파이에 욕심내는 사람들끼리 하는 진흙탕 싸움에나 해당되는 이야기니까 자신처럼 욕심 없이 사는 사람은 그런 불평등, 불합리를 겪지 않을 줄 알았다.

　이제 막 사회에 나서는 아들이 부당한 힘에 짓밟히고 나면 나머지 날들을 어떻게 살아갈지 아득해졌다.

'내가 이러고 있을 때가 아니지.'

늑대의 위협 앞에서 '빨간 모자'를 구해 줄 사냥꾼이 있을 거라는 아들의 믿음을 지켜 줘야 한다는 모성이 발동했다. 상대방이 보이지 않는 힘을 동원했다면 더 큰 힘을 동원해야지 하면서 인맥을 점검해 보았다. 주변의 몇 명을 떠올려 보았지만 그들은 이런 자투리 일에 끼어들어 자신의 경력에 흠집을 내지 않을 만큼 이기적이다. 그녀의 부탁은 그들이 자기 보호를 위해 쓰고 다니는 차갑고 투명한 방탄 유리벽에 부딪쳐 튕겨져 나올 것이 뻔했다. 신문에 칼럼을 연재하는 인권 변호사가 떠올랐다. 그가 운영하는 로펌에 정식으로 사건 의뢰를 해야겠다. 아니, 이럴 줄 알았으면 인권단체에 기부금을 내는 후원회원이라도 해 두는 건데, 평화주의자인 자신은 싸움이라면 질색이라며 후원회원 가입 권고를 거절했다.

영수 엄마는 경찰서에 홀가분한 마음으로 갈 때와 달리 돌아오는 길에 머릿속이 생각들로 바글거렸다. 경찰서 안에서 읽던 책 《그 많던 싱아는 누가 다 먹었을까》 속의 구절이 떠올랐다. '그 당시 나는 치사했다.'라고 쓴 작가는 그 글을 쓸 당시 강자가 됐다는 소리다. 약자는 치사해질 수밖에 없다. 도망을 치거나, 더 힘센 누군가를 불러들이거나, 함정을 파 놓거나, 뒤통수를 치거나……. 뒤통수를 맞은 사람이 탓할 곳은 치사한 행위를 한 상대의 약함일까?

그렇게 하도록 만든 자신의 강함일까?

영수 엄마가 강약의 변주를 곱씹어 보고 있을 때 운전석 옆자리에서 이어폰을 끼고 음악을 듣던 영수가 〈겨울 왕국〉 삽입곡을 따라 불렀다.

"Let it go, Let it go~"

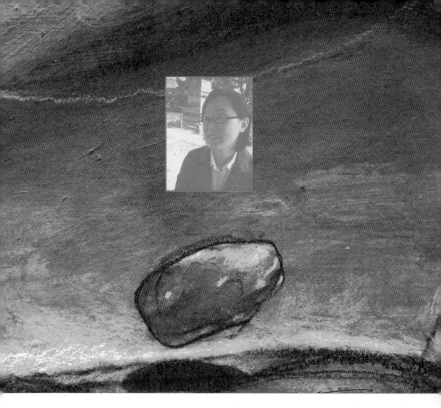

# 나라에서

———

박혜지

충북 청원 출생으로, 2013년 '제5회 구상문학상 젊은작가상'에 단편 소설

〈처형〉이 당선되어 등단했다.

\*

　서북쪽 1,000㎞ 상공에서 그것은 천천히 다가오고 있었다. 바
람 한 점 불지 않는 맑은 날이 이어졌다. 따라서 그것은 어느 날, 목
표한 지점에 정확히 닿을 것이었다. 과녁의 정중앙에 꽂힌 화살처
럼 그것은 엄연할 것이었다. 우연이 개입할 수 없는 인과因果란 참
으로 무서운 것이다.

　남과 북의 싸움은 이데올로기 싸움이 아니었다.
　미애는 이 대목을 벌써 몇 번씩이나 읽어 보았지만 도무지 이해

할 수 없었다. 간결한 말이었고, 명확한 문장이었지만 '이었다'가 '아니었다'로 바뀌는 순간 그 문장은 해독 불가능한 외계어처럼 여겨졌다. 미애는 포털 사이트 검색창에 '이데올로기'라는 말을 쳐 보았다.

이데올로기[명사]〈철학〉사회 집단에 있어서 사상, 행동, 생활 방법을 근본적으로 제약하고 있는 관념이나 신조의 체계. 역사적·사회적 입장을 반영한 사상과 의식의 체계이다. '이념'으로 순화.

미애가 이미 알고 있었던 개념과 다르지 않았다. 그렇다면 무엇이 문제인가? 너무나 명확해서 단순하기까지 한 이 문장을 이해하지 못하는 이유가 도대체 뭐란 말인가? 미애는 고민했다. 그리고 오래지 않아 명쾌하고 쉬운 결론을 내렸다. 다만 서로 생각이 다를 뿐이라고. 그러니 존중하자고. 이게 바로 사상의 자유이자 표현의 자유라고. 그러곤 곧 자신이 떠올렸던 질문뿐 아니라 자신을 혼란에 빠지게 만들었던 처음의 그 문장조차 잊었다.


판근은 참담한 심정으로 술을 마시고 담배를 피웠다. 오늘의 자리를 주선한 덕수가 신이 올라 목소리를 높일수록 판근은 하염없이 작아지고 있었다.

"주식이란 게 말이야, 두뇌 싸움이거든. 응? 그런 건 주식 초짜들이 투기할 때나 통하는 거고, 진짜 고수들은 머리를 쓴단 말이지. 거시 경제와 미시 경제를 모두 알아야 경제의 동향을 파악할 수 있고, 국제 정세와 국내 정세를 모두 알아야 시장의 흐름을 알 수 있는 거라고. 경제 동향과 시장 흐름을 알아야 비로소 주식 투자에 성공할 수 있는 거고. 너희가 이 멀고 먼 성공 투자의 길을 짐작이나 하겠냐? 야, 너는 지금 때가 어느 땐데 실내에서 담배를 피우고 지랄이냐, 지랄이."

같이 있기 창피할 정도로 큰 소리로 떠들던 덕수가 굴뚝 같이 담배 연기를 뿜어 대는 판근에게 핀잔을 주자 판근은 욱하는 심정이 되었다. 그래서 저도 모르게 톡 쏘아붙였다.

"지금 때는 어느 땐데?"

덕수는 어이가 없다는 듯 코웃음을 쳤다.

"지금 온 나라가 금연 구역 아니냐. 정말 몰라서 묻는 거냐? 너 대한민국 국민 맞아? 너 원시인이야?"

"난 동의한 적 없어."

"이건 동의하고 안 하고의 문제가 아니지. 나라에서 그렇게 정했으면 그냥 가는 거야. 그게 국민 된 도리라고."

"그럼 이건 어떻게 설명할 건데? 대한민국은 민주공화국이다. 대한민국의 주권은 국민에게 있고 모든 권력은 국민으로부터 나온다. 대한민국 헌법 제1조 1항과 2항이야."

"민주주의는 다수결의 원칙에 의해서 굴러가는 거야. 국민 대다수의 의견이 금연이라면 당연히 정책적으로 금연해야지. 소수가 다수의 의견에 반대하는 건 민주주의에 역행하는 거야. 순 꼬장이라고."

"뭐? 꼬장? 그럼 다시 한 번 묻겠다. 금연이 국민 대다수의 의견이라는 걸 어떻게 증명할 수 있지?"

이때 옆에서 둘의 다툼을 지켜보고 있던 동료들이 끼어들었다.

"그만 좀 해라. 나라에서 어련히 알아서 잘 정했겠냐. 그리고 아직 강제 조항도 아닌데, 담배 좀 피면 어떠냐. 왜 너희 둘은 만나기만 하면 별것도 아닌 걸 갖고 자꾸 싸우냐?"

"그래, 그만 좀 해. 민주주의니 뭐니 아주 골치 아프다."

"돈 번 놈이 술 사 준다는데 우린 국으로 앉아서 술이나 먹자. 있는 놈이 쓰고 없는 놈이 나눠 먹는 거, 이게 바로 민주주의 아니겠냐."

이에 판근과 덕수의 미간이 살짝 좁아졌으나, 옆자리의 동료들이 부어라 마셔라 분위기를 달구자 금방 그 분위기에 휩쓸리고 말았다.


여옥은 이번 대통령 선거에서 누구를 찍어야 할지 무척 헛갈렸다. 그전에는 이장이 알려 주는 대로 찍으면 되었는데, 이번 이장은 도통 누구를 찍어야 하는지 알려 줄 생각을 안했다. 도시에 살다가 귀농인가 뭣인가를 한다고 식구들을 줄줄이 끌고 내려올 때부터 싹수가 남달라 쌍수를 들어 이장으로 뽑아놨더니만, 이제 보니 영 맹탕이었다.

"당최 누구를 뽑아야 하는지 모르겠다니께. 그러지 말고 알려 줘 봐."

노인네들밖에 없는 동네라고 내려올 때부터 집집마다 다니면서 안부를 묻던 이장이었다. 출석부에 도장 찍듯 오늘도 어김없이 들렀기에 슬쩍 물어봤더니 하라는 대답은 안 하고 실실 웃음만 흘리고 앉았다.

"아이고, 답답해서 복장이 터지겄네. 대학물꺼정 먹었다더니만, 혹시 이장도 모르는 거 아녀?"

"선거 유인물 보시고 잘 판단해서 찍으셔야죠. 누구 찍으라고 말씀드리면 선거법에 위배돼요. 선거 원칙에도 어긋나고."

"그럼 여적지 역대 이장들이 법을 안 지켰다는 겨? 에이, 그건 이장이 몰라서 하는 소리여. 우리 동네 사람들은 다 법 없이도 살 사람들인디, 나라에서 정한 법을 안 지킬 리가 있어? 대통령 뽑을 때마다 몇 번 찍으라고 알려 줬어도 지금꺼정 법 안 지켰다고 가막소간 이는 하나도 읎어. 그러지 말고 알려 줘 봐. 1번 찍으면 되는 겨?"

"여기 선거 유인물 있네요. 이거 보시고 이놈이 잘하겠다 싶은 사람 찍으세요."

"아, 뭐가 보여야 말이지. 글씨도 서캐 같이 작은 데다가 어떻게 어떻게 읽긴 읽어도 무슨 말인지 어려워서 당최 못 알아먹겠다니께."

여옥은 숫자 하나 알려 주는 게 뭐 그리 큰일이라고 저렇게 소귀신처럼 앉아 버티고 있는 이장이 도무지 이해가 안 갔다. 요즘 젊은 것들은 정작 중요한 건 저만 알고 남들한테는 절대 알려 주지 않는다더니만 꼴에 저도 젊다고 저러는가 싶어 여옥은 노여워졌다.

"시방 나 늙었다고 무시하는 겨? 사람이 그러는 거 아녀. 이장도 내 나이 돼 봐. 뭐가 제대로 보이길 하나, 온전히 들리길 하나, 뭘 먹어도 무슨 맛인지도 모르겄고, 팔다리도 무뎌져서 하루 종일 놀려봐야 하나 도움도 안되면서 아프기만 하다니께. 이 설움을 누가 알아줘. 에구, 내 팔자야."

"무시하긴요. 절대 그런 거 아닙니다. 이건 어디까지나 어르신을 존중하는 뜻에서 그런 거라니까요. 어르신의 한 표는 무척 소중하니까요."

여옥은 금방 표정이 바뀌며 쩔쩔 매는 이장이 귀여웠다. 처음부터 그럴 생각은 아니었는데, 말을 하다 보니 제 감정에 겨워 저도 모르게 억지를 쓴 것 같아 조금 부끄러운 생각도 들었다. 그래서 목소리를 누그러뜨리고 젊은 이장이 잘 알아듣게 차분히 설명했다.

"내가 저번 장날에 장거리 나갔다가 어떤 술 췐 노인네가 시방 여당이 야당 되고 야당이 여당 됐으니께 2번을 찍어야 한다고 말하는 소리를 들어서 말이여. 내가 처음으로 선거 종이 받았을 때부터 지금꺼정 쭉 1번만 찍었는디 그럴 리가 있어? 차라리 상전桑田이 벽해碧海 됐다는 말을 믿으면 믿었지. 아, 술 췠으면 국으로 자빠져 자던가, 무식한 늙은이가 헛소리는. 이래서 늙으면 죽어야 혀. 이장 생각은 어뗘?"

이렇게까지 설명했는데도 이장은 여전히 몇 번을 찍으라는 말을 하지 않았다. 그놈 고집도 어지간히 쇠고집이라고 여옥은 속으로 혀를 끌끌 찼다. 그러면서 여옥은 다 식은 커피를 마시지도, 그렇다고 내려놓지도 못하고 선거 유인물만 하릴없이 들척이고 앉아 있는 이장에게 확인하듯 물었다.

"무조건 1번 찍으면 되는 거지? 옛날부터 무조건 1번이었으니께."

자신의 말에 이장의 얼굴에 미소가 어리는 듯 하는 걸 여옥은 놓치지 않았다. 여옥은 이만하면 되었다 생각하고 선심 쓰듯 말했다.

"얼른 커피 마시고 가서 볼일 봐. 바쁠 텐디."

이장은 비로소 난처한 상황에서 해방된 듯 남아 있던 커피를 단숨에 쭉 들이켜고 일어섰다.

"그럼 가 보겠습니다. 내일 모시러 올게요. 주민등록증 꼭 챙기시고요."

이장이 인사를 챙기고 서둘러 떠난 자리에 선거 유인물이 차곡차곡 포개진 채로 남아 있었다. 맨 윗장에 있는 숫자가 여옥의 눈에 크게 확대돼 들어왔다. 1번이었다. 여옥은 입귀로 비실비실 웃음을 흘리며 중얼거렸다.

"그럼 그렇지. 죽으나 깨나 우리는 1번이라니께."


빨갱이들이 준동하여 대통령을 몰아내자는 시위가 벌어졌다는 말에 광식은 격분하여 행장을 꾸렸다. 대통령이 거처하는 서울 하늘 아래, 그것도 나라를 지키려 목숨 바친 이순신 장군이 내려다보고 있는 바로 앞에서 무엄한 짓거리들을 하는 인간들이 괘씸하여 이가 북북 갈렸다.

"고얀 것들! 나라 팔아먹을 것들!"

날 선 군복에 단 훈장처럼 광식의 분노가 번쩍번쩍 빛났다. 광식의 뜨거운 분노로 인해 서울로 향하는 1호선 지하철이 활활 타 버릴 지경이었다.

노약자석에 앉아 손부채를 펄럭이며 한참을 씩씩거리던 광식은 끓어오르는 분노를 주체할 수가 없어 지하철의 승객들을 향해 일장 연설을 늘어놓기 시작했다.

"나라 없는 설움을 제깟 것들이 알기나 해? 나라 뺏기고 도적놈들에게 수탈당한 그 긴 설움의 역사를 제 놈들이 알기나 하냐고. 내가 말이야, 6·25 때 나라 지키겠다고 총 들고 나간 게 열다섯 살이었어. 나라 없는 설움이 하도 뼈아파서 다시는 나라를 잃지 말아야겠다는 일념으로 내 조국을 지키러 나섰다고. 바로 옆에서 폭탄이 뺑뺑 터지고, 총알이 정수리를 스치며 핑핑 날아다니고, 뜨거운 전우애를 나누던 동료가 픽픽 쓰러져갈 때도 나는 눈 하나 깜짝 안 했어. 왜냐? 나에겐 목숨을 바쳐서라도 지켜야 할 조국이 있었거든."

광식이 목에 힘줄을 돋우며 큰소리로 연설할 때 지하철의 승객들 중 그를 주목하는 사람은 아무도 없었다. 어느 미친 노인네의 외침에 짜증이 일어 잠깐 인상을 찌푸렸을 뿐, 지하철의 승객들은 여느 때와 다름없이 스마트폰을 보거나 자는 척 하거나 그냥 멍하니 자기 생각에 빠져 있을 뿐이었다. 사람들이 그러거나 말거나 광식은 불타는 애국의 열정으로 목소리에 더욱 힘을 실었다.

"지금 사람들은 배가 너무 불렀어. 멀건 나물죽으로 한 끼를 해결하면 바로 다음 끼니를 걱정해야 하던 시절의 배고픔을 다 잊었다고. 그런데 잘 생각해 보라고. 우리가 끼니 걱정 없이 살게 된 게 다 누구 덕분이었는지를. 그건 다 저 위대하신 박정희 대통령 각하 덕분이었어. 그분께서 가난한 백성들을 긍휼히 여겨 새마을 운동을 일으키지 않았다면 우리는 여전히 초근목피로 연명해야 했을 거라고. 그뿐인 줄 알아? 그분께서 부국강병을 이루고자 노심초사하실 때 헛짓거리만 일삼던 깡패, 논다니, 빨갱이들을 뼈를 깎고 피를 말리는 결단으로 싹 쓸어버리지 않았다면 우리나라는 다시 혼란에 빠졌을 거고, 호시탐탐 기회만 노리고 있는 북괴의 야욕에 무참히 먹혔을 거라고."

광식이 자신의 주장에 취해 중언부언 떠들고 있는 동안에도 사람들은 밀물처럼 밀려왔다 썰물처럼 빠져나갔다. 그러는 사이에 어느덧 지하철은 광식이 내려야 할 시청역에 다다랐다. 광식은 아직 할 말이 많았지만, 나머지 열정은 시청 광장에서 불사르기로 하고 이 한마디만을 남기고 서둘러 지하철에서 내렸다.

"정신 똑바로 차려야 해. 지금 빨갱이들이 제 세상을 만난 듯 대통령을 쫓아내겠다고 날뛰고 있어. 이러다 나라가 망하면 너도 죽고 나도 죽고 우리 모두 죽는 거라고."

*

    서북쪽 1,000 km 상공에서 천천히 다가오던 그것이 점차 속도를 내기 시작했다. 그러나 아직은 그것이 다가오고 있다는 사실을 아무도 눈치 채지 못했다. 다만 감각이 아주 예민한 사람만이 정체를 알 수 없는 미세한 진동을 느낄 뿐이었다.

    미애는 광화문 시위에 점차 염증을 느꼈다. 처음에 작은 조직들이 산발적으로 참여하던 집회를 범국민대책위원회가 주도하면서 주장의 범위가 점차 넓어지더니 급기야는 정권 퇴진까지 부르짖는 사태에 이르렀다. 정권 퇴진은 미애가 바라던 바가 아니었다. 미애는 단지 정부가 공약 실현에 조금 더 신경 써 주길 바랐을 뿐이었다. 현 정권이 퇴진하고 새 정부가 들어선다 해도 별반 달라질 것이 없을 거라고 미애는 생각했다. 그리 혁명적이지 않았던 지난 10년의 세월을 직접 목격한 탓도 있지만, 권력이 권력을 접수할 때 새로운 권력이 탄생할 뿐 새로운 삶이 창출되는 것은 아니라는 것을 이미 세계 역사를 통해 깨달았기 때문이었다. 그러므로 정권을 교체하는 것보다 감시하는 것이 더 나은 삶을 위해 훨씬 더 효율적인 방법이라고 그녀는 생각했다.

광화문 광장을 쾅쾅 울리는 연사의 연설이 더 이상 귀에 들어오지 않았다. 동의할 수 없는 주장은 그저 소음일 뿐, 아무런 감동도 마음의 동요도 불러일으키지 않았다. 미애는 슬그머니 대열에서 빠져나오며 생각했다.

'사람들은 왜 범대위의 진정성을 의심하지 않는 걸까? 우리가 가진 애초의 의지가 이렇게 많이 변질됐는데, 왜 그들이 우리와 뜻을 함께한다고 쉽게 믿어 버리는 거지? 어쩌면 그들이 우리를 이용하고 있을 뿐일지도 모르는데.'

미애는 수많은 군중을 등지며 다시는 광화문 광장에 서지 않겠다고 다짐했다. 차가운 바람이 미애를 훑고 지나갔다. 몸보다 마음을 더 시리게 만드는 바람이었다.


판근은 컴퓨터 앞에서 한숨을 들이쉬고 내쉬기를 반복했다. 덕수 말만 믿고 투자한 종목이 연일 바닥을 치고 있었다. 한 번 내려간 그래프는 다시 고개 들 생각을 않고 그 끝을 알 수 없다는 듯 계속 아래로 추락했다. 외국인과 기관 투자자들도 이미 손을 털고 나가 버렸다. 판근은 이러다 자신이 가진 주식이 휴지 조각이 되지나 않을까 몹시 두려웠다.

애가 탄 판근은 헛일 삼아 덕수에게 전화를 걸었다. 벌써 며칠 째

통화가 되지 않았지만, 이렇게라도 하지 않으면 당장 미쳐 버릴 것만 같았다. 통화연결음이 지루하게 계속되었다.

Nella fantasia io vedo un mondo giusto, Li tutti vivono in pace e in onesta.(환상 속에서 난 올바른 세상이 보입니다. 그 곳에선 누구나 평화롭고 정직하게 살아갑니다.)

"여보세요?"

판근이 전화를 막 끊으려는 참에 저쪽에서 지친 음성이 들려왔다. 판근은 잠시의 틈도 주지 않고 화를 일시에 폭발시키며 다짜고짜 소리쳤다.

"너 이 새끼, 어떻게 할 거야? 너 나한테 이럴 수 있어?"

"뭘?"

"뭘? 뭐얼? 그걸 지금 몰라서 물어?"

"좀 더 기다려 봐."

"얼마나? 얼마나 더 기다리란 말이야?"

"원래 주식은 인내력과의 싸움이야. 좀 더 기다려 봐."

"새끼, 한가한 소리 하고 자빠졌네. 그러다 주식 휴지 조각 되면 네가 책임질 거야, 엉?"

"지금은 방법이 없어. 기다리는 수밖에."

지친 덕수가 전화기 저쪽에서 한숨을 포옥 내쉬었다. 그 소리를 듣자 판근은 더욱 분통이 터졌다. 확실한 투자처라고 큰소리 뻥뻥 치더니 이제 와서 기다리는 것밖에 방법이 없다고? 판근은 순간 머릿속이 하얗게 비워지며 아무 생각도 나지 않았다. 판근은 자신이 무엇을 하고 있는지 자각하지 못한 채 덕수를 향해 자신이 알고 있는 모든 욕을 쏟아 놓았다. 이미 이성을 잃은 판근에게 덕수의 심정이나 처지쯤 아무 문제가 되지 않았다.

"지금 미국이고 유럽이고 금융 위기가 닥쳐서 세계 경제가 붕괴될 지경인 걸 나보고 어쩌란 말이야? 나도 지금 수억 손해 보고 있는 중이야. 나라고 열 안 받겠어? 고작 몇 천만 원 투자해 놓고 나보고 책임지라니 이게 말이 된다고 생각해?"

덕수가 전화기 저쪽에서 핏대를 올렸다. 판근은 기가 막혔다. 똥 싼 놈이 성낸다고, 이건 가당치도 않은 일이었다.

"뭐야? 이 새끼, 지금 너 말 다했어? 고작 몇 천만 원이라고? 너에겐 '고작'일지 모를 그 몇 천만 원 때문에 지금 내 인생이 망하게 생겼는데, 너 그따위로밖에 말 못하냐?"

"그러게 누가 그렇게 무리해서 투자하랬냐? 난 모르겠으니까 기다리든지 말든지 네가 알아서 해. 그리고 앞으로 이따위 전화 다시는 안 받을 테니까 전화하지 마. 요즘은 개나 소나 다 주식 한다고 지랄이야, 씨발."

띠릭. 요망한 소리를 내며 전화가 끊겼다. 판근은 끊긴 전화를 붙들고 한참 동안 욕을 해댔다. 아무도 들어 주지 않는다는 걸 잘 알았지만 눈에 뵈는 것이 없어진 판근이 달리 할 수 있는 일은 없었다. 그렇게 미친 듯이 욕설을 내뱉던 판근이 문득 자신의 말을 멈췄을 때, 한 무더기의 정적이 판근의 어깨를 짓눌렀다. 고요한 침묵이, 이 절대적인 정적의 순간이 판근은 두려웠다. 어쩌면 세상의 끝을 생각해야 할지도 모른다는 생각이 판근의 머리를 스쳤다. 판근의 볼을 타고 눈물이 주르륵 흘러내렸다.

여옥은 힘겹게 마지막 숨을 이어가고 있었다. 마을의 젊은 이장이 여옥의 침상을 지켰다. 여옥은 젊은 이장을 향해 물었다.

"애들은?"

"지금 오고 있습니다."

"내가 얼마 못 살 것 같아. 힘들구먼."

"그런 말씀 마시고 힘을 내세요. 자녀분들 오실 때까지 이겨 내셔야 해요."

"이장도 참 얄궂네. 명이 다 했는데 억지로 버티는 것만큼 쪽팔린 게 어디 있다고."

"그래도 힘을 내셔야 합니다."

이장은 간절한 염원을 담아 여옥의 마른 손을 덥석 움켜쥐었다. 이장이 마을의 노인들을 일일이 찾아다니며 안부를 묻기 시작한 이후 벌써 여럿이 세상을 떠났다. 그들 모두가 자신의 부모인 것 같아서 이장은 그때마다 가슴이 무너지는 것 같았는데 여옥의 죽음 앞에서는 그 슬픔이 특히 더했다.

"이장, 내 마지막 유언을 할라네. 더는 안 기다리고 싶어. 지금까지도 많이 쪽팔렸어."

이장은 가슴이 먹먹하여 아무 말도 할 수 없었다. 그저 여옥의 손을 더 힘껏 움켜쥐는 것밖에는.

"이장, 나는 지금꺼정 투표할 때마다 1번만 찍었어. 그런데 1번을 찍는다고 사는 게 1등이 되는 건 아니더구먼. 앞으로 자네는 2번을 찍게나. 내 자식들한테도 전해 줘. 그것들이 얼마나 알아들을랑가는 모르겠지만."

여옥의 손을 움켜쥔 이장의 손등으로 눈물이 후두둑 떨어졌다. 동시에 웃음이 터져 나왔다.

"웃으니 보기 좋구먼. 꼭 기억하게. 앞으로는 2번을 찍어."

말을 마치고 여옥은 고요히 눈을 감았다. 여옥의 숨이 잦아들고, 마침내 마지막 숨을 들이마셨을 때 그녀의 얼굴에는 아름다운 미소가 덩두렷하게 떠올랐다. 그때까지도 여옥의 손을 꼭 잡고 있던 이장은 눈물을 철철 흘리며 미친 사람처럼 낄낄낄 웃었다.

광식은 텅 빈 광화문 광장에서 이순신 장군과 마주 보고 섰다. 수 많은 사람들의 무관심과 조롱 속에서 광식의 조국을 향한 한 조각 붉은 마음이 너덜너덜 걸레가 된 직후였다. 광식은 참담한 심정으 로 이순신 장군을 향해 물었다.

"장군님, 도대체 뭐가 잘못된 것입니까? 나라는 있는데 백성은 없는 이 나라가 나라이기는 한 겁니까? 나라를 팔아먹으려는 빨갱 이 무리를 소탕하지 못하고 무뢰배들에게 선동되어 이리저리 휘둘 리기만 하는 이 나라가 과연 온전한 나라입니까? 장군님과 나는 이 런 나라를 위해 목숨을 바친 것입니까? 나는 영웅이 되려는 게 아닙 니다. 이 나라의 영웅은 장군님과 박정희 대통령 각하 두 분이면 족 합니다. 그런데 모두 귀 먹은 사람들처럼 도무지 내 말에 귀 기울이 려 하지 않습니다. 애국으로 똘똘 뭉쳤던 과거의 백성들은 다 어디 로 갔단 말입니까? 왜구와 오랑캐, 빨갱이로부터 지켜 냈던 내 나라 는 도대체 어디로 갔단 말입니까?"

그러나 장군은 말이 없었다. 대신 가슴을 뜯으며 눈물을 흘리 는 광식을 향해 한 줄기 매운 바람이 불어와 광식의 콧속을 파고 들었다. 광식은 순간 자신의 코를 싸쥐었다. 그리고 생각했다. 오늘 흘리는 나의 이 눈물은 단지 바람이 내 코끝을 찡하게 했기 때문이라고.

*

서북쪽 1,000km 상공에서 천천히 다가오던 그것이 급기야 대한민국의 하늘을 시커멓게 뒤덮었다. 이제 사람들은 그것의 존재를 다 알아챘다. 그리고 나라가 정확히 두 개로 쪼개졌다. 쪼개진 두 진영에서는 상대를 향한 각종 흑색선전과 비방이 난무했다. 바야흐로 두 진영 간 피 터지는 전투가 야기될 것인 바, 그것은 파시즘과 파시즘의 대격돌이 될 것이었다.

이 와중에 나라에서는 아무것도 안 했다. 비겁한 지식인과 자본주의에 이성을 바친 탐욕가와 권리 대신 아무 일도 일어나지 않는 일상을 택한 사람들, 그리고 뜨거운 마음으로 타인에 대한 배려를 깡그리 태워 버린 애국자를 양산할 때는 그렇게도 적극적이던 나라가 정작 이제 와서는 아무것도 하지 않았다.

폐허가 된 나라에 한줄기 따뜻한 바람이 불어왔다. 그 바람은 여옥이 살던 무너진 집의 지붕을 어루만지고, 이제는 젊지 않은 이장의 구레나룻을 적셨다. 이 바람으로 말미암아 봄은 오고 꽃은 필 것이었다.

# 금우(金牛)

———

## 배명희

경북 의성 출신으로, 2006년 중앙신인문학상으로 등단했다. 지은 책으로 단편 소설집《와인의 눈물》이 있다.

'금송아지 대감은 보아라. 백성들의 목숨을 파리 목숨만도 못하게 여기고, 그 재산을 강탈하여 치부한 죄……'

민영준의 굵은 눈썹이 꿈틀댔다. 장롱 문짝만한 종이에 그의 비행이 낱낱이 적혀 있었다. 마음 같아서는 벽서를 찢어발기고 싶었다. 하지만 아무리 찢고 불태워 본들 소용없었다. 벽서는 마치 솟아나기라도 하듯 연신 거리 여기저기에 나붙었다. 민영준은 하인을 시켜 밤낮으로 집 주변을 지키게 했다. 며칠 뜸한가 했는데 간밤에 또 벽서가 붙었다.

'독미나리 같은 네 놈들이 남규희에게 십만 냥, 정순원에게 이 십만 냥으로 벼슬을 팔면서 매관매직이 시작되고……'

민영준은 주먹으로 책상을 내리쳤다.

이런 쳐 죽일 놈들이, 알려면 똑똑히 알지 않고. 규희와 순원이에게 벼슬을 판 것은 내가 아니라 영일이라고, 민영일.

민영준은 얼굴로 온통 피가 몰려 금방이라도 눈알이 튀어나올 것 같았다. 생각해 보면 놈들이 오해하는 것도 무리는 아니었다. 왕이 친정을 시작한 이래 민씨들이 조정의 관직을 모조리 차지했다. 죄다 민 왕후의 일가붙이들이었다. 하지만 왕비를 꼭대기에 놓고 피라미드처럼 줄은 선 민씨들은 계보가 달랐다. 보수와 수구 꼴통, 온건 개화파와 햇바지 등이 두루 모여 있었다. 미나리에도 밭미나리, 돌미나리, 논미나리가 있는 것과 같았다. 하지만 무지한 놈들은 통틀어 미나리라고 몰아붙였다. 여기까지 오느라 얼마나 애를 썼는데. 위로는 임금 한 사람만 존재하고, 아래로는 만백성이 그의 밥인 최고의 자리였다.

민영준은 뒷짐을 지고 방안을 서성댔다. 민영삼을 부를까 생각하다가 고개를 저었다. 사촌인 민영삼은 예측이 불가능한 인물이다. 아무렇지도 않게 무슨 짓이든 저지를 수 있는 위인이었다. 민영준의 나이 마흔셋, 앞으로 삼십 년은 너끈하다. 조선 최고의 부자가 아니라 동양 최고의 갑부가 될 때까지 권력을 잡고 있어야 한다. 이 인자는 아예 키우지 않는 게 상책이었다. 권력은 아비와 자식 간에도 나누지 않는 것이다. 친척! 개나 물어갈 말이다. 일을 시키기에는 어수룩한 민영구가 나았다.

민영준은 문을 열어젖혔다. 담장 너머로 키 큰 나무가 눈에 들어왔다. 늦은 봄부터 무성하게 잎을 다는 나무였다. 나무의 이름이 얼른 생각나지 않았다. 벌써 정신이 혼미해지는 것인가? 민영준은 미간을 찡그렸다. 새해 벽두부터 정국이 어수선한 탓이라고 생각했다. 민란은 민영준이 태어나기 전부터도 심심찮게 일어났다. 세도 정치에 목이 조이면 백성들은 죽창과 몽둥이를 들고 관아를 습격했다. 그럴 때면 앞장 선 몇 명의 목을 베고 동조한 놈을 잡아 물고를 내면 진정되곤 했다. 매 앞에 장사 없는 법이다. 그런데 이번 고부 민란은 느낌이 좋지 않았다. 괴수가 전명숙이라던가, 아니, 전봉준이라 했나? 민영준은 보고서 뭉치를 들춰 보았다.

지난 겨울에 전라도 고부 지역에서 백성들이 부당한 세금에 불만을 품고 난을 일으켰다. 군수 조병갑은 법에 따라 정상적으로 세금을 징수하라고 호소하는 백성들을 잡아 가두었는데 그 중 한 명이 매를 맞아 숨졌다. 그때 조병갑을 다른 곳으로 멀찍이 발령을 냈어야 했다. 그랬으면 일이 이토록 커지지 않았을 것이다. 고부에서 쫓겨난 조병갑을 도로 보낸 것은 전주 감사 김문현의 탓이었다.

'고부 군수 조병갑은 일을 바로 잡고 있는 중입니다. 장부를 정리해 부족한 세금을 거둬들이고 있습니다. 지금 조병갑을 다른 곳으로 발령 낸다면 이제껏 해온 일이 중단되어, 새로 오는 수령은 처음부터 일을 다시 해야 합니다. 이는 인력과 예산의 낭비를 불러오며…….'

김문현의 보고를 그대로 믿은 게 실수였다. 눈앞에 김문현이 있다면 당장 요절을 내고 싶었다.

전주와 고부 지역은 나라 세수의 7할이 걷히는 비옥한 지역이었다. 감사와 군수를 바꿀 명분이 생겼으니 어찌 보면 잘된 일일수도 있었다. 이번에는 벼슬 값을 좀 더 올려야겠다고 생각했다. 민영준은 전주 감사와 고부 군수 자리를 부탁하던 얼굴들을 떠올렸다. 하지만 고부 민란이 진정된 이후라야 할 것이다. 민영준이 누군가. 상하이 회풍 은행에 수만금을 저축한 이래 중국 신문에도 오르내리는 조선 최고의 갑부였다. 이런 자리는 아무나 차지할 수 있는 게 아니었다.

민영구가 사랑으로 들어왔다. 민영준은 민영구에게 앉으라는 손짓을 했다.

"일본 영사와 프랑스 공사가 외교부에 항의를 했답니다."

벽서는 미국 공사관과 교회당과 학당에, 일본인 거주 지역인 진고개, 심지어는 지방에서도 발견되었다. 온갖 이권에 손을 뻗치는 서양인들의 행태를 지적하며, 빨리 자기 나라로 돌아가지 않으면 박살을 내겠다고 협박을 해 댔다. 민영구는 잠시 멈추었다가 말했다.

"프랑스 공사관은 본국에 군함을 세 척이나 파견해 달라고 요청을 했고, 일본은 유사시에 자국민을 실어 나를 배를 부산으로 보냈다 합니다."

벽서는 발견 즉시 떼 내고 조정을 비난하는 자, 남도에서 민란이 일어났다는 사실을 발설하는 자는 유언비어 유포죄로 처벌을 했다. 이런 조치에도 불구하고 시국은 날로 어수선해졌다.

시장 통에는 쌀을 매점매석하여 떼돈을 버는 상인과 지주와 부농을 비난하는 벽서가 나붙었다. 또 치솟는 물가 때문에 빈민으로 몰락하거나, 농토와 집이 빚으로 넘어가 사람들이 거리로 내쫓겨도 대책을 세우지 않는 조정을 비난했고, 형편이 이런데도 마른 걸레 짜듯 백성을 쥐어짜 세금을 거두어 가는 탐관오리들은 각오하라는 경고도 있었다. 백성들 사이에는 세상이 뒤집어지고 꼴찌가 일등 되는 세상이 온다는 말이 돌아다녔다. 민란이 일어난 틈을 타 평소 조정에 불만이 많은 세력들이 꿈틀거렸다. 민영구는 심각한 표정이었다.

"전라도에 파견한 관군이 절반은 도주하고, 남은 병사도 폭도들과 싸울 생각을 않는다 합니다. 대책을 세워야 하지 않을까요?"

민영준은 손바닥 들여다보듯 현지 사정을 훤히 알고 있었다. 이미 오래전부터 도처에 정보원을 파견했다. 고부 민란도 그 시초부터 속속 보고가 올라오고 있었다. 두 달 전에 이미 민란을 진압하러 남도로 간 홍계훈에게서 청군에게 원병을 요청해야 한다는 건의가 있었다. 정부군은 고부 민란을 진압할 힘이 없었다. 민영준이 지난번 대신회의 때 원병을 청하자고 했더니 대신들은 벌떼처럼 와글댔다. 한 치 앞도 내다 보지 못하는 어리석은 인간들이라니.

창호지를 통해 들어온 봄볕이 방안을 가득 채웠다. 민영준은 따스한 볕 속에서 달게 자고 싶었다. 민영준의 침묵이 길어지자 민영구는 헛기침을 했다.

"경복궁 담에 붙었던 벽서, 기억나십니까?"

궁궐 담벼락에 붙었던 벽서에는 관리의 임명 제도를 개선할 것과 노비 문서를 불태워 종과 사노비를 해방할 것과, 토지를 농민들에게 공평하게 나누어 주어 농사를 짓게 하라는 주장이 들어 있었다. 농민들에게 땅을 나눠 주려면 지주들이 땅을 내놓아야 가능한 일이었다. 땅을 살 수 있는 농민들이 몇이나 되겠는가. 그것은 양반

지주들의 땅을 강제로 빼앗겠다는 것이 아닌가. 이런 말은 아무나 할 수 있는 게 아니었다. 배후에 조세제도나 토지 분배에 상당한 식견을 가진 놈이 있는 게 분명했다. 민영준은 그때 등이 서늘해지던 느낌을 잊을 수 없었다.

"동학도들은 무지렁이들입니다. 탐관오리의 악행에 분노하여 백성을 위해 목숨을 바치려는 자나 외국 오랑캐가 우리 이권을 뺏는 것을 분히 여기는 자도 있지만 대개는 죄 짓고 도망 다니거나 농사를 지어도 남는 곡식이 없거나 장사를 해도 이익이 없는 자, 무지몽매한 무리가 동학에 들면 사람 사는 세상이 된다는 말에 현혹되었거나 빚을 지고 모진 독촉을 견디지 못하는 자, 상놈이나 천민이 출세하려는 자가 대부분이라고 합니다."

민영준은 저 자식이 언제 저렇게 말솜씨가 늘었지? 하고 생각했다. 서너 문장만 넘어가면 횡설수설을 하는 바람에 칠푼이라는 별명이 붙은 놈이 아니던가. 민영준은 오른쪽 검지로 의자 팔걸이를 가볍게 쳤다. 소문이 사실이었나? 미나리들 사이에서 민영구가 연설하는 기술을 배운다는 소문이 돌았다. 독선생까지 채용해 훈련을 한다는 말도 있었다.

"폭도들의 요구는 나라의 근간을 흔드는 것입니다. 무식한 것들이 스스로 그런 생각을 할 리 만무합니다. 배후에 불순한 지식인 무리가 있는 게 분명합니다."

민영준은 영구의 뺨에 입술이라도 갖다 대고 싶었다. 민영준은 고개를 끄덕거렸다. 이 놈 제법 쓸 만하구나, 라고 생각했다. 민영구는 금송아지 대감의 반응에 회심의 미소를 지었다. 이런 기회가 날마다 오는 것이 아니었다.

"개화파와 야당 소장파와 재야인사들을 정리할 좋은 기회이지 않습니까?"

민영준은 올라가는 입 끝을 끌어내리며 물었다.

"방법이 있소?"

"벽서의 주장은 금서인 경세유표의 사상과 흡사합니다. 그것은 실학파에게로 전해졌고, 역적 김옥균 일당이 지난 갑신정변 때 시도한 일과 겹치는 부분이 있습니다. 언관을 동원해 폭도들을 선동하고 조종하는 배후 세력이 있다는 여론을 형성하면 되지 않겠습니까?"

"언관을 동원해 여론 몰이를 한다!"

민영준은 작은 소리로 되뇌었다.

"벽서에 노강직의 필체와 유사한 것이 있습니다."

"노강직이라면 노 직관의 동생이 아닌가? 필체가 유사하다라……."

민영구답지 않게 잔머리를 굴리다니. 야당 소장파의 우두머리인 노 직관을 엮어 그 무리를 제거하자는 거였다. 김옥균을 연결하면 한결 수월해 질 것이다. 민영준은 큰 소리로 웃고 싶었다.

왕과 민비는 김옥균이라면 치를 떨었다. 갑신정변 때 당한 수모가 그만큼 컸던 탓이었다. 당시 김옥균은 일본의 힘을 빌려 정변에 성공한 후, 왕의 권한을 제한하는 법을 만들었다. 왕은 하마터면 허수아비 왕이 될 뻔 했던 것이다. 갑신정변은 청의 개입으로 삼일 만에 실패로 끝나 버렸다. 김옥균과 개화파 일당들은 일본으로 도망쳤다. 왕은 김옥균을 처단하기 위해 십 년 동안 끊임없이 자객을 보냈다. 그러다 지난 삼월 김옥균은 상하이의 한 여관에서 자객 홍종우에게 죽었다. 김옥균의 시체는 서울로 옮겨져 그의 목이 양화진에 내걸렸다. 조정과 민당에 반기를 들면 처참하게 생을 마친다는 경고였다. 그런 김옥균과 엮인다면 누구도 빠져나갈 수 없었다.

명문가 출신인 노 직관은 왕의 총애를 받고 있었다. 그를 불순세력으로 몰아 처단하려면 면밀한 계획이 필요했다. 민영준은 민영구에게 은밀히 일을 진행하라고 지시했다. 역모자의 재산은 사건 해결에 공이 큰 순서로 분배될 것이다. 민영준은 노 직관의 기와집과 대대로 내려오는 그 집안의 너른 들과 비옥한 농토를 떠올렸다. 마당을 건너오는 발소리가 들렸다. 민영준이 방문을 열었다. 집사가 마루 아래에 서 있었다.

"심순택 대감이 전주서 올라 온 보고서를 전하께 가져갔다 합니다."

민영준은 자신도 모르게 혀를 찼다. 모든 보고서는 반드시 자신을 통하라고 엄히 단속을 해 두었다. 의정부 대신들은 민영준의 하수인이나 다름이 없었다. 그런데 언제부터인가 삐걱대는 느낌이었다. 작년 봄, 동학 놈들이 광화문 앞에서 복합 상소를 할 때이었던가? 민영준은 기억을 더듬었다.

민영준은 동학도들을 몽땅 감옥에 처넣자고 했다. 그래야 겁을 먹고 물러갈 것이었다. 당연히 자신의 의견에 동의할 줄 알았던 의정부 대신들이 딴소리를 했다. 동학도들은 단지 교주, 최제우의 신원 회복을 원할 뿐인데 이를 엄벌에 처한다면 벌집을 쑤시는 꼴이 된다는 거였다. 대신들의 말은 나름 일리가 있었다. 천주학도 포교를 허락한 터에 동학을 불법으로 처벌하는 것은 형평에도 맞지 않았다. 단지 동학도라는 이유로 잡혀서 고문을 당하고 벼슬아치에게 돈을 내고 풀려나는 실정이었다. 민영준 자신도 평안 감사 때 동학도의 재산을 강탈해 엄청난 치부를 했다. 심 대감은 어리석은 백성이니 타이르면 해산할 거라고 했다. 심 대감의 말을 좇아 왕이 좋은 말로 물러가 기다리라는 글을 내렸다. 동학도들은 순순히 물러갔다.

민영준은 내심 불쾌했지만 일이 잘 해결된 터라 문제 삼지 않았다.

　그런데 왕에게 직접 보고서를 들고 가다니, 만약 소장파들과 의정부 대신들이 연대하고 재야인사들이 뒤를 받친다면 민당의 입지가 좁아질 것이다. 왕비가 있는 한 염려할 것은 없지만 방심할 수는 없었다. 권력은 일시에 무너지는 속성을 지녔다. 작은 균열이 거대한 둑을 무너뜨리는 법이었다. 민영준은 집사에게 대궐로 갈 차비를 하라고 명했다.

　가마꾼들이 발을 내디딜 때마다 바닥에서 뽀얀 먼지가 피어올랐다. 올해도 가뭄이 들려는가. 작년에는 굶어 죽는 백성이 길가에 가득했고, 괴질마저 번졌다. 사람들이 죽거나 떠나 버려 한 마을이 텅 비어 버린 곳도 있었다. 민영준은 눈을 들어 먼 곳을 보았다. 마른 바람이 공중에 가득했지만 나뭇가지에는 물이 올랐고 도처에 봄꽃이 가득 피어 있었다. 민영준은 콧속으로 들어오는 꽃향기를 들이켰다. 복잡한 머릿속이 조금이나마 맑아지기를 원했다. 화사한 꽃향은 그의 몸 가까이 다가오나 했는데 슬몃슬몃 사라져 버렸다. 민영준은 안타까운 눈으로 허공을 바라보았다. 아름답거나 귀한 것들은 민영준에게 좀처럼 다가 오지 않았다. 민영준은 가마에서 내려 눈에 걸리는 꽃들을 발로 밟아 짓이겨 버리고 싶었다.

　"왜 이리 걸음이 더디냐?"

민영준은 못마땅한 소리로 교군들을 꾸짖었다.

편전에는 왕과 왕비가 나란히 앉아 있었다. 왕비는 서양에서 들여 온 화장품을 사용한 모양이었다. 이국적인 향기가 방안을 떠돌았다. 왕비의 얼굴은 희다 못해 창백했다. 최고급 청국 비단이 왕비의 어깨에 나비처럼 얹혀 있었다. 왕비는 같은 옷을 두 번 입지 않았다. 살구색 저고리와 자줏빛 치마가 왕비를 돋보이게 했다. 미인은 아니지만 입매가 단정하고, 적당히 크고 긴 두 눈이 영리해 보였다. 왕비의 앞에서는 무엇이건 대충 어물쩍 넘어갈 수 없었다.

"동학 놈들이 남도를 휩쓸고 있다는데 어째서 청국에 원병을 청하지 않느냐?"

왕비의 목소리에는 날이 서 있었다. 민영준은 당혹스러운 표정으로 대답했다.

"대신들이 반대하고 있습니다."

왕이 화난 목소리로 물었다.

"무엇 때문에 반대를 한다느냐?"

"청국과 일본이 톈진 조약을 맺을 때 조선에 파병할 일이 있으면 사전에 서로 통고를 해야 한다는 조문이 있어 청국이 오면 일본도 들어올 것이라는 이유 때문입니다."

민영준은 잠시 뜸을 들이다가 말을 이었다.

"나라 곳간이 비어 청국 군이 들어오면 군량을 대기가 어렵다는 게 두 번째 이유이며, 임진란과 병자란에 명과 청의 군사들이 민가를 약탈하고 부녀자를 겁탈해 길가 마을이 초토화가 되었는데 이번에도 분명 그럴 것이라는 게 세 번째 이유입니다."

민영준의 말이 채 끝나기도 전에 왕비는 다소 격앙된 목소리로 다그쳤다.

"청은 임오군란 때도 우리를 도와주었다. 달리 해를 끼칠 일이 있겠느냐? 왕께서 대원군에게 정치를 인계했다고 주둥이를 놀리는 놈들도 있는데, 역도들을 빨리 토벌하지 않으면 망측한 소문이 점점 널리 퍼질 것이다."

왕비는 서울에서 떠도는 소문까지 이미 알고 있었다. 왕과 민비는 민란이 서울까지 올라올까 봐 두려운 기색이었다. 임오군란과 갑신정변을 거치며 믿을 것은 측근들 뿐이라는 것을 뼈저리게 깨달은 모양이었다. 민당에 도전하는 세력을 쓸어버릴 기회는 지금이었다. 민영준은 조심스럽게 입을 열었다.

"김병시 대감이 병석에서 의견을 보냈습니다."

왕이 물었다.

"뭐라 했더냐?"

"비적들의 죄는 용서할 수 없으나 그들도 우리 백성이니 마땅히 우리 병사로 토벌해야 한다고 했습니다. 타국의 병사를 빌려 토벌한다면 백성들이 마음을 의지할 곳이 없어지고, 이렇게 되면 민심이 뿔뿔이 흩어지기가 쉽다고 했습니다."

왕비는 입을 샐쭉거렸다.

"백성의 마음만 중하고 왕실은 어찌되던 상관없단 말인가? 임오란과 같은 일을 다시는 생각하기 싫다. 내가 패하면 너희들도 모두 망할 것이니 많은 말을 할 필요가 없다."

왕비의 말꼬리가 떨렸다. 임오군란 때 군사들에게 머리채를 잡혀 휘둘리던 기억이 나는 모양이었다. 궁궐의 수비 군사이던 홍계훈이 자신의 누이동생이라 둘러대고 왕비를 업고 뛰지 않았다면 이 자리에 왕비는 없을 것이다. 그때 민영준은 관서 지방으로 꽁지가 빠지게 도망을 갔다. 구식 군인과 그에 동조한 가난뱅이 상인과 날품팔이들에게 목숨을 잃은 민씨들이 한둘이 아니었다. 왕이 힐난하듯 말했다.

"속히 중신 회의를 소집해 청국에 구원병을 청하도록 하라. 나라가 역도들에게 넘어가면 대신들이라고 무사할 줄 아느냐?"

민영준은 편전을 물러나왔다. 왕과 왕비는 청에 지원을 요청할 생각밖에는 없었다. 이런 판에 차병을 반대한다는 것은 스스로 화를 자초하는 결과를 가져 올 것이다. 불순 세력 처벌법은 의외로 쉽게 만들어질 것 같았다.

햇살이 급속히 기울며 서쪽 하늘부터 구름이 끼기 시작했다. 봄날은 마냥 순한 듯해도 변덕스러웠다. 바람은 온화한 것 같아도 황량하고 종잡기 어려웠다. 지난 십여 년간 지속된 왕실의 사치와 낭비에 국고마저 텅텅 비었다. 관리들에게 월급을 제때 지급하지 못한지가 오래였다. 임오년의 난도 군인들에게 열세 달이나 월급을 지급하지 못해 일어났다. 굶주린 자들이 궁지에 몰리면 무슨 짓을 할지 알 수 없었다.

임오란 때 민영준은 자신의 집이 불타는 것을 보았다. 서까래가 떨어지고 대들보가 무너졌다. 애써 모은 재산이 한 순간에 잿더미로 변했다. 민영준은 불타는 집으로 뛰어들어 금붙이며 서책들이며 비단이며 곡식을 꺼내 오고 싶었다. 민영준은 무지한 백성을 믿지 않았다. 앞에서는 순박한 표정으로 유순한 척하는 게 백성이었다. 겉모습을 믿었다가는 난리 통에 비참하게 죽은 민겸호 대감 꼴이 될 것이었다. 왕비의 말처럼 그런 일을 반복할 수는 없었다. 백성들은 가슴에 무엇을 품고 있는지 몰랐다. 밤새 만개하는 봄꽃처럼, 느닷없이 소동을 일으켰다. 애초에 싹이 나지 못하게 철저히 밟아야 했다. 믿을 수 있는 것은 권력과 돈뿐이었다. 그 외에는 아무것도 자신을 지켜 주지 못했다.

민영준은 평안 감사로 재임하면서 금을 긁어모았다. 그 금으로 송아지를 만들어 왕에게 바쳤다. 왕은 수레에 실려 온 금송아지를 충신으로 여겼다. 민영준은 왕비의 친척이라고 거들먹거렸지만 사실은 십오 촌도 더 벌어지는 먼 친척이었다. 그러니 애당초 연줄이나 인척 같은 것은 믿을 게 못 되었다. 왕비의 기도 자금 조달, 그런 것이 자리를 보장했다.

왕비는 매일 무당을 불러 굿을 하고 치성을 드렸다. 세자의 건강과 왕실의 번영을 빌었다. 가무와 연극을 즐기는 왕과 왕비는 밤마다 대궐에서 연회를 열었다. 왕실의 돈이 부족하면 민영준은 외국 상인에게 사채를 빌리거나 차관을 교섭했다. 일전에는 평안도의 금광 채굴권을 미국에 넘긴 돈으로 내탕고를 채워 주었다. 그때 민영준도 한몫 챙겼다. 좁은 땅덩어리지만 팔아먹을 것은 얼마든지 있었다.

하늘이 종일 뿌옇다. 바다를 건너 불어오는 바람은 늘 이랬다. 바람에 섞인 모래 알갱이가 입속을 돌아다녔다. 서탁 위에 쌓인 서류 더미가 서걱대었다. 영국산 무명으로 입과 코를 막아도 미세한 먼지를 걸러 내지는 못했다. 김 대감은 여직 병석에 있었다. 가슴을 갉아 먹는 바람을 오래 쐰 탓이라 했다.

민영준은 회의실을 둘러보았다. 김 대감을 빼고 모두 참석했다.

민영구는 언관들이 올린 상소를 꺼내 들었다.

"벽서에 배후 세력이 있다 합니다."

민영준은 의자 깊숙이 몸을 기댄 채 눈을 감고 있었다.

"그게 무슨 말입니까?"

노 직관이 간간한 소리로 되물었다. 회의실은 서늘한 침묵에 휩싸였다. 눈치 빠른 몇몇은 민씨들이 대숙청을 준비한다는 것을 짐작한다는 눈치였다.

"남문 옆과 대궐 담에 붙은 벽서의 필체가 아직은 이름을 밝힐 수 없는 조정 관리의 글씨체와 같다고 합니다."

좌의정이 물었다.

"그 자가 누구요?"

"때가 되면 밝힐 것입니다. 그 자의 집에서 금서가 발견되었습니다."

민영구가 작은 눈으로 노 직관을 힐끔 살폈다.

"금서라니, 대체 무엇을 말하는 거요?"

회의장이 일순 출렁거렸다.

"토지의 평균 분작을 말하고 있는《경세유표》입니다. 그자의 집 하인이 고발했다 합니다."

"정 다산이 강진 유배지에서 썼다는 책 말이오? 나라에서 금한

책이 어찌 조정 관리의 집에서 발견되었단 말이오?"

중신들이 서로 얼굴을 마주 보며 웅성거렸다.

"서울뿐 아니라 남도에서도 그 책을 돌려 읽는 무리들이 있다 합니다. 포교를 보내 배후에서 동학란을 조종하는 무리들을 모조리 잡아 올리라 하였습니다."

민영준은 속으로 웃음을 흘렸다. 남도는 지금 동학도들에게 점령당한 곳이다. 포교든 군사든 누구도 들어갈 수 없었다. 금서를 읽은 무리를 어떻게 찾아낸단 말인가. 지금은 아무도 남도의 상황을 제대로 말하지 못했다. 관군에게 패한 동학도가 산골짝으로 기어들었다는 말 이외는 모조리 유언비어로 치부해 처벌했다. 모든 정보는 민영준이 철저히 통제하고 있었다.

"왕실과 조정에도 내란을 획책하는 자가 있다고 합니다."

왕실과 조정이라는 말에 중신들은 일제히 입을 다물었다. 왕실이라면 대원군의 주변을 지칭하는 것 외에 무엇이겠는가. 난감한 표정이 중신들의 얼굴에 번져 갔다. 극비리에 수사 중인 사실을 중신회의에서 발표하는 것도 의아했지만 누구도 이의를 제기하지 않았다. 민영구는 얼굴빛 하나 변하지 않고 태연히 말했다.

"이들은 김옥균과 몰래 내통해 왔다 합니다."

회의실의 공기는 팽팽하게 긴장되어 찢어질 것 같았다. 중신들은 어디까지 믿어야 할지 알 수 없다는 표정이었다. 임금의 아버지인 대원군은 임오란 때 난을 일으킨 구식 군인들의 편이었다. 대원군도 금서와 김옥균과 한 울타리에 들어가면 끝이었다. 왕이 친정을 하기 전 십 년 동안 집정을 한 대원군이 그리 호락호락하지는 않겠지만 조정을 장악하고 있는 미나리들이 마음을 먹으면 못할 일이 없었다.

민영준의 얼굴에 미소가 떠올랐다가 순식간에 사라졌다. 권력의 냄새에 민감한 인간들이 최근 들어 민영준에게 반기를 드는 일이 잦았다. 민씨들이 권력에 취해 느슨해 진 틈에 반대 세력들은 착실히 힘을 키우고 있었다.

"내사 중이라니? 왕실과 조정의 관리가 누구란 말이오?"

영의정이 매서운 눈초리로 영구를 노려보았다. 얼마 전만 해도 민당의 말에 동조하며 한편이라는 것을 만방에 과시하던 인물이었다. 그런 그가 툭하면 시비였다. 다른 대신들도 비슷했다. 대놓고 소장파에게 힘을 실어 주었다. 민영구는 자신만만하게 말했다.

"민란에 관련된 역적 무리와 임오군란 때 난동을 부렸던 자들, 갑신정변 연루자와 개화에 동조하거나 조정의 정책에 사사건건 반대하는 재야인사들입니다."

민영구는 연루자 명단을 책상 위에 꺼내 놓았다.

나라를 위태롭게 하는 불순 세력을 처벌할 수 있는 법을 만드는 게 목적이었다. 이 법만 통과되면 민당에 반대하는 세력은 물론이고 가족과 친지까지 깡그리 제거할 수 있었다. 결정적인 시기에 대원군의 손자, 준용을 역모의 우두머리로 몰면 사건은 깔끔하게 마무리된다. 공포 분위기를 조성한 후, 언관들을 동원해 여론을 몰아가면 법은 쉽게 통과 될 것이다. 민영준은 명단을 보지도 않고 영의정에게 내밀었다. 중신들은 돌려가며 명단을 살펴 보았다. 자신과 관계 있는 자들이 포함되지 않아 다행이라는 듯 몰래 안도하는 자도 있었다. 영의정이 민영준을 보았다.

"세자의 교육을 맡은 이시영은 선대에 영의정을 열 명이나 배출한 명문가요. 게다가 부승지 노강직이 연루되었다니, 그런 가문의 후손이 사회 불안 세력이라니, 믿을 수 없소."

영의정의 말에 민영준은 화들짝 놀랐다. 이시영은 왕과 왕비의 총애를 받는 신하다. 민영준이 심어 놓은 밀정에 의하면 청의 장군인 위안스카이는 이시영 본가를 자주 방문했다. 그는 시영의 형, 회영이 치는 난 그림을 매우 좋아했다. 또 시영의 여러 형제들과 만나 담소를 나누는 것을 즐겼다. 군인인 위안스카이는 시영 집안의 격조 높은 지적인 분위기를 흠모하는 것 같았다. 그런 시영을 연루자 명단에 올리다니. 민영준은 당황했다.

며칠 전 민영구가 명단을 보내왔다. 민영준은 위안스카이를 대접하느라 기방에서 늦도록 술을 퍼마신 탓에 두통이 심해 명단을 까맣게 잊고 있었다. 시간이 촉박해 검토하지도 않고 진행하라고 한 것이 실수였다. 칠푼이 같은 놈. 민영준은 속으로 혀를 찼다. 다된 밥을 엎어도 분수가 있지. 시영과 노강직, 노 직관 형제는 왕비의 뒷배로 벼락 출세를 한 자기들과는 뿌리가 달랐다. 아무리 발버둥쳐도 다다를 수 없는 것이 그들에게 있었다. 그것은 오래된 전통과 기품 같은 거였다. 돈으로 메꿀 수 없는 권위. 민영준으로서는 표현할 수 없는 난초의 곡선. 손가락 사이로 흐르는 거문고의 우아한 선율. 언덕 위에 우뚝 서 있는 오래된 기와집, 담장 너머의 매화 향기, 대문 앞 청청한 은행나무 같은 것들.

민영준이 금송아지를 바쳐 얻은 것을 그들은 처음부터 갖고 있었다. 자신은 철철이 청국 비단과 동남아 진주, 서양 분과 돈으로 왕비의 환심을 샀다. 그러나 명문대가의 인간들은 붓이나 벼루, 종이 한 묶음이나 악기, 난초를 친 그림 한 장으로도 왕비를 감동시켰다. 그 차이를 민영준은 이해할 수 없었다. 민영준의 열등감이 민영구에게도 있었던 것인가. 아니면 민영구가 그런 민영준의 심정을 헤아린 것일까.

민영준의 아버지가 자리를 팔던 장사치였듯이 민영구도 보잘 것

없는 집안의 자식이었다. 의기양양하던 민영구의 눈빛이 사그라졌다. 명문가의 자손들은 죽어 땅속에 들어간 조상들이 보살피기라도 하는 것일까. 빌어먹을 뼈다귀들 같으니라고. 순순히 물러설 민영준이 아니었다. 넘어지면 돌멩이라도 주워 들고 일어났다.

민영준은 불순 세력 처벌법에 관해서는 다시 논의하기로 하고 차병 문제를 꺼냈다.

"지난 해, 전라도를 방비할 군대 3,000명을 만들려다 겨우 300명으로 군영을 설치하지 않았소? 형편이 이런데 청군의 군량과 우마차 군복과 연료 등은 무엇으로 대겠소? 가뭄 때문에 양식도 없는 백성에게 어떻게 세금을 걷는다는 게요."

좌우정과 우의정이 모두 차병에 반대했다. 동학농민군이 서울을 점령한다면 저들도 결코 무사하지 못할 것이었다. 대체 무엇을 믿고 버티는지 답답했다. 황토현에서 관군을 물리친 동학군의 기세는 들불처럼 타올랐다. 초토사로 내려간 홍계훈조차 싸울 생각을 않고 몸을 사리고 있는 형편이었다.

노 직관은 민영준이 외국 병사를 불러들여 마침내 나라를 망칠 거라고 심하게 비난을 했다. 민영준은 막내 동생뻘 되는 놈에게 멱살잡이를 당한 것 같았다. 머리끝까지 피가 솟구쳤지만 내색하지 않았다. 어차피 노 직관은 조만간 온 집안이 민씨들 손에 숙청될 것이다. 그때까지 실컷 떠들어라. 민영준은 노 직관의 쏘는 듯한 두 눈을 외면했다.

오월 말에 전주성이 전봉준과 김개남, 손화중 등이 이끄는 동학 농민군에게 함락되었다는 전보가 날아왔다. 민영준은 급히 중신회의를 소집했다. 동학농민군은 가렴주구를 일삼는 탐관오리를 처단하고 흡혈귀처럼 나라의 이권을 빨아먹는 외국 세력을 몰아내자는 깃발을 높이 올렸다. 위험이 코앞이었다. 전주가 함락되면 서울은 시간 문제였다. 대신들은 그제야 자신들의 처지가 눈에 보이는 모양이었다.

민영준은 청국에 원병을 청하는 것은 한시가 급하다고 했다. 민영준에게 딴죽을 걸던 늙은 대신들도 순식간에 태도를 바꿔 차병에 찬성했다. 나이가 많을수록 직위가 높을수록 잃을 게 많은 법이었다. 노 직관과 소장파 젊은 관리 두 명만 차병에 반대를 했다. 청군을 부를 게 아니라 동학농민군과 타협을 하는 게 순리라고 주장했다. 민영준은 노 직관을 노려보았다. 폭도들과 협상을 한다면 조정의 관리는 죄다 벼슬을 내놔야 할 것이다. 백성들의 등을 쳐 긁어모은 재산을 몽땅 게워 내야 하는 것은 물론이고 자칫 목이 달아날 지도 모른다.

민영준은 노 직관에게 청에 보낼 원병 요청서를 쓰라고 명했다.

그것은 노 직관의 임무였다. 노 직관은 분통을 터트리며 돌아앉았다. 민영준과 대신들이 달래고 얼렀지만 붓을 들지 않았다. 노 직관이 꼿꼿이 버티자 몇몇 관료들이 농민군의 요구를 적당히 들어주는 게 어떻겠냐며 슬쩍 말을 흘렸다. 민영준은 그들을 향해 나지막하게 말했다.

"모두 임오년에 죽은 민겸호 대감의 뒤를 따르고 싶은가 봅니다."

대신들은 볼품없는 수염만 만지작거렸다.

노 직관이 원병 요청서 따위는 쓸 수 없다고 버텼다. 소장파 관리 두 명은 행여 노 직관이 강제로 원병 요청서를 쓰게라도 될까 봐 노 직관을 에워쌌다. 중신 회의에서 나가는 모든 서류는 노 직관이 작성했고 그의 확인이 있어야 효력을 발생했다.

민영준은 눈으로 민영구에게 무언의 지시를 내렸다. 미나리들이 우르르 몰려들어 노 직관과 젊은 관리 두 명을 둘러쌌다. 미나리들 네 명이 소장파 관리 한 명에게 들러붙었다. 네 명은 각기 팔과 다리 한 짝씩을 맡았다. 젊은 관료 둘은 공중으로 들어 올려져 둥둥 떠서 밖으로 나갔다. 이들은 회의실에서 멀찍이 떨어진 건물에 감금되었다. 그들이 비통하게 외치는 소리가 회의실 벽에 부딪쳐 메아리처럼 퍼져나갔다. 노 직관은 동료들을 구하려 미나리들에게 달려들었다. 미나리 대여섯 명이 노 직관을 회의실 구석에 꼼짝 못하게 밀어 넣었다. 노 직관은 구석에 갇힌 채 몸을 떨며 맹수처럼 으르렁거렸다.

노 직관은 의자로 끌려 와 강제로 앉혀졌다. 민영준은 붓과 벼루를 노 직관 앞으로 밀었다. 몇 번이나 노 직관에게 원병 요청서를 쓰라고 했다. 좋은 말로 달래고, 강압적으로 억누르고, 애원하는 말투로 거듭 권했다. 노 직관은 눈을 감은 채 꼼짝도 하지 않았다.

민영준은 노 직관을 한동안 노려보더니 자신이 붓을 들었다. 민영준은 빠른 속도로 원병 요청서를 써내려 갔다. 돌처럼 앉아 있던 노 직관이 번개처럼 민영준을 향해 몸을 날렸다. 순식간이라 아무도 막을 수 없었다. 노 직관의 이마가 민영준의 얼굴을 정통으로 들이받았다. 민영준의 코에서 피가 터졌다. 붓이 날아가고 검은 먹물이 사방으로 튀었다. 튀어 오른 먹물을 뒤집어 쓰고 얼룩소처럼 되었다. 민영준은 충격으로 정신이 아뜩했다. 새파란 놈에게 테러를 당한 게 남세스럽고 분했다. 하지만 한시가 급했다. 당장이라도 폭도가 들이닥칠지 모른다. 폭도들은 나날이 세가 불어나 들판과 산이 폭도들의 흰 옷으로 하얗게 뒤덮였다고 했다.

민영준은 코를 감싸 쥐고 식식대며 붓을 주워 들었다. 노 직관이 재차 몸을 날리려하자 미나리들이 달려들어 팔다리에 엉겨 붙었다. 민영구가 바지에서 행전을 풀어 노 직관의 두 발을 한데 묶었다. 다른 미나리는 허리끈을 풀어 노 직관의 양팔을 등 뒤에서 묶었다. 바닥에 쓰러진 노 직관은 일어나려고 용을 썼다. 애벌레처럼 꿈틀대다 겨우 일어나면 미나리들이 다리를 걸어 자빠뜨렸다. 그러는 사이 민영준은 원병 요청서를 다 쓰고 일일이 중신들의 서명을 받았다. 민영준은 노 직관을 노려보았다. 민영준은 노 직관의 손을 낚아채 그의 엄지에 붉은 인주를 듬뿍 찍어 발랐다. 노 직관은 등 뒤로 묶인 손을 빼내려고 용을 썼다. 민영준은 힘을 다해 노 직관의 손을 내리눌렀다. 노 직관이 안간힘을 쓰며 버텼다. 용을 쓰자 민영준의 코와 입이 벌겋게 부어올랐다. 솜으로 코를 틀어막은 터라 숨이 가빠 왔다. 민영준이 힘에 부쳐 노 직관의 손을 놓아 버렸다. 노 직관도 지쳤는지 바닥에 늘어졌다. 중신들이 노 직관에게 달려들었다. 노 직관의 허벅지를 자신의 두 발로 밟고 선 자, 엉덩이로 노 직관의 허리를 깔고 앉아 비틀어 대는 자, 노 직관의 어깨를 양 손으로 찍어 눌러 바닥에 붙이려고 용을 쓰는 자. 노 직관은 버둥거렸지만 늙은 대신의 손에 잡혀 강제로 지장을 찍을 지경에 이르렀다. 노 직관이 만고의 역적으로 역사에 남고 싶냐고 고래고래 소리쳤다. 미나리가 손바닥으로 노 직관의 입을 틀어막다가 물려서 비명을 질러 댔다.

아수라장 속에서 민영구는 노 직관의 엄지를 비틀어 서류에 꾹 눌렀다. 모든 형식이 다 갖춰졌다. 요청서를 낚아 챈 민영준은 코를 감싸 쥐고 회의실을 박차고 나갔다.

"자기 나라 백성을 죽이려고 외국 군대를 청하다니, 부끄러운 줄 아시오."

노 직관은 바닥에 엎어진 채 고래고래 소리쳤다. 차병에 동의한 관리들은 노 직관의 눈을 피해 슬글슬금 빠져나갔다. 민영준은 왕의 재가를 받은 원병 요청서를 들고 위안스카이에게 달려갔다. 동학농민군은 조정이 청군을 불렀다는 소식에 전주성을 비워 주었다. 모내기 철이라 농사를 짓기 위해서 농민군을 해산을 한다고 했다.

민영준은 오랜만에 두 다리를 뻗고 누워 뒹굴 거렸다. 노 직관은 곤장을 쳐 섬으로 귀양을 보냈다. 노 직관은 귀양지에 도착하기 전에 길에서 죽었다. 민영준의 사주로 심하게 곤장을 맞은 몸이 견디지 못했다. 노 직관은 죽었지만 그의 집안을 도륙 내기 전에는 만족할 수 없었다. 민영준에게 걸려 무사히 빠져나간 자는 지금껏 없었다. 민영준은 손바닥으로 코를 문질렀다. 아직도 얼얼했다. 누군가 민영준 앞으로 머리를 내밀면 깜짝 깜짝 놀라는 후유증까지 생겼다.

모내기 철이 끝나자 더운 바람이 몰려왔다. 아침부터 비가 내렸는데 오후가 되자 제법 굵어졌다. 민영준은 느긋하게 받은 점심상을 물린 참이었다. 일본군이 인천에 상륙했다는 전보가 왔다. 아산만으로 청군 1,500명이 들어온 나흘 후였다. 청하지도 않은 일본군

이었다. 동학농민군이 해산한 후라 외국 군대의 힘을 빌릴 이유는
이미 없었다. 민영준은 인천으로 급히 관리를 보냈다. 백여 명 남짓
이라니 모든 방법을 동원하여 일본군의 상륙을 저지하라고 지시했
다. 빗줄기는 점점 굵어지고 바람마저 불었다. 비에 젖은 하늘이 점
점 어두워졌다.

일몰 무렵, 일본군이 한강을 통해 용산에 도착했다는 소식이 왔
다. 상륙을 저지하러 간 놈들은 대체 무얼 했단 말인가. 민영준은
역정이 치밀었다. 기껏 백여 명인 줄 알았던 일본군이 4,000명에
달한다는 말을 들었을 때는 머릿속이 하얘졌다.

민영준은 위안스카이에게 달려갔다. 위안스카이는 자신의 처와
식솔들을 상하이로 대피시켰다. 그리고 얼마 후, 이 땅에서 청일 전
쟁이 터졌다. 위안스카이는 일본쯤이야, 라며 큰 소리를 쳤다. 모두
청나라가 이길 거라고 생각했다. 민영준과 미나리들도 그렇게 믿
었다. 청국은 대국이었다. 영국과 프랑스, 미국과 독일, 러시아 등
서양 여러 나라에 시달림을 받고 있었지만 일본 같은 작은 섬나라
쯤이야 문제없을 거라 생각했다.

민영준의 믿음이 식기도 전에 대국은 작은 섬나라에 무참히 깨
졌다. 성환 전투에서 패한 청의 군사는 뿔뿔이 흩어져 민가로 숨어
들었다. 청군은 군복을 벗어 던지고 머리를 올려 조선인처럼 상투

를 틀었다. 그렇게 도망가 살아남은 병사는 절반도 되지 않았다. 민영준은 이 일을 어떻게 수습해야 할지 암담했다. 정신을 차리기도 전에 일본 군대가 총칼로 경복궁을 점령했다. 자고 일어나면 세상이 바뀌어 있을 지경이었다. 왕과 왕비는 일본군에 둘러 싸여 겁에 질려 부들부들 떨었다.

일본군은 대원군을 대궐로 불러들였다. 임금 대신 국정을 이끌라고 요구했다. 일본이 직접 전면에 나서면 백성의 저항이 만만치 않다는 것을 임오군란 때 경험한 터였다. 왕과 왕비는 껍데기만 남았다. 대원군조차 일본의 조종을 받는 허수아비였다. 일본의 목적은 이 기회에 조선을 집어삼키기 쉬운 법을 만드는 것이었다. 대원군의 지시 아래 일본의 입맛에 맞는 새 내각이 들어섰다. 민영준과 미나리들은 옥에 갇혀야 할 신세로 전락했다. 미나리들은 목숨을 부지하기 위해 허둥대며 사방으로 흩어졌다.

민영준은 머슴 옷으로 갈아입고 도망을 쳤다. 민영준은 평양으로 향했다. 평양에서 청이 일본과 싸우는 중이었다. 평양 전투에서 청이 이긴다면 다시 돌아 올 수 있을 것이다. 결국 힘이 모든 것을 좌우하는 법이었다. 일본은 국왕을 인질로 잡고 있었다. 지금 조선에서 안전한 곳은 청의 진지뿐이었다.

민영준은 밤새도록 걸었다. 비는 그칠 줄 모르고 내렸다. 몸은 젖어 떨렸고 발이 부르텄다. 평양 근교에서 아침을 맞은 민영준은 주막을 찾아 들었다. 민영준이 주막에 발을 들여 놓을 때 누군가 소리쳤다.

"민영준이다. 이놈이 금송아지 대감이다."

한 남자가 민영준에게 달려들어 멱살을 거머잡았다.

"사람을 잘못 보았소. 나는 민영준이 아니오."

민영준은 필사적으로 외쳤다. 남자는 민영준의 멱살을 잡고 흔들었다. 남자는 민영준에게 재산과 아내와 딸, 모든 것을 빼앗겼다고 울부짖었다. 단지 동학을 믿는다는 이유로 말이다. 반병신이 되도록 곤장을 맞고, 민영준에게 재산을 몽땅 바치고 옥에서 나왔는데 아내는 별감에게 겁탈을 당해 스스로 목숨을 버렸고, 딸은 행방을 알 수 없었다. 남자는 소처럼 헝헝 울었다. 옆에 서서 구경을 하던 사람들이 달려들어 민영준을 넘어뜨리고 짓밟았다. 평안 감사시절 민영준이 죄를 뒤집어 씌워 재산을 뺏은 이가 한두 명이 아니었다.

민영준은 바닥에 넘어져 벌레처럼 몸을 웅크렸다. 성난 백성들이 무서웠다. 자신에게 원한을 가진 백성들이 죄다 나타날까 봐 두려웠다. 민영준은 젖은 손바닥에서 불이 일도록 빌었다. 살려만 준다면 빼앗은 것을 죄다 변상하고 무슨 일이든 하겠다고 애원했다.

민영준의 몸뚱이 위로 굵은 장맛비가 철사처럼 떨어졌다. 사람들이 민영준을 향해 욕설을 퍼부었다. 돌을 던지는 이도 있었다. 민영준은 돌에 맞아 부어터진 얼굴을 감싸 쥐었다. 바닥에 고인 물 웅덩이에 핏물이 실처럼 흘러갔다. 민영준의 몸 위로 남자의 처절한 울음이 내려앉았다. 민영준의 몸뚱이로 쏟아지던 발길질과 욕설이 뜸해졌다. 민영준은 머리통을 양팔로 감싼 채 바닥에서 눈만 들어 주변을 둘러보았다. 저만치에서 포교들이 달려오고 있었다. 누군가 신고를 한 모양이었다. 민영준은 남몰래 안도의 한 숨을 내쉬었다. 포교들은 분노하는 백성들과 달리 며칠 전만 해도 최고 권력자였던 민영준을 어떻게 대해야 할지 혼란스러운 눈치였다. 민영준을 잡기 위해 내 건 현상금이 그를 살린 셈이었다.

포교에게 끌려가며 민영준은 힐끗 주변을 살폈다. 주막집 벽에 현상금이 걸린 자신의 얼굴이 붙어 있었다. 검은 먹물이 번져 얼굴의 윤곽이 이지러지고 있었다. 눈과 코와 입에서 검은 물이 흘러내렸다. 길가에 서 있는 사람들의 번쩍이는 눈빛들이 비수처럼 민영준에게 날아왔다. 민영준은 몸을 낮춰 걸으며 생각했다. 이제 살았다. 일본군이 대궐을 장악하고 있지만 왕과 왕비가 있는 한 자신이 죽지는 않을 것이다. 땅과 수많은 재물을 안전하게 숨겨 두었다. 이 민영준이 누군가. 세상은 어떻게 변해 갈지 모르는 일이다. 청이 강할 때는 청에, 일본이 강할 때는 일본에, 미국이 강할 때는 미국에, 시류에 따라 붙으면 된다. 그것이 살아남는 비결이다. 걸을 때마다 젖은 발이 질벅거렸다. 민영준은 이 시간을 잘 견뎌야 한다고 생각했다.

# 어떤 우화에 대한
# 몇 가지 우울한 추측 2

---

박명호

경북 청송 출생으로, 1992년 부산일보 신춘문에 소설 〈봄눈〉이 당선되
었다. 지은 책으로는 장편 소설 《가룻의 창세기》, 교육 소설 《또야, 안
뇽웅》, 단편 소설집 《우리 집에 왜 왔니》《뻐꾸기 뿔》 등이 있으며,
2005년 부산작가상을 받았다.

평화로운 숲 속에 작은 변화가 일어났다. 숲을 다스리던 독수리가 늙고 병들자 느닷없이 목소리가 큰 거위가 뻐꾸기를 새 지도자로 추대하고 나섰다.

　"자고로 '인지장사 기언은 선하고, 조지장사 기명은 애하다人之將死其言也善, 鳥之將死其鳴也悲' 했거늘, 우리 새들이란 본시 슬프게 태어난 짐승인지라, 슬프게 울어야 하는 것이 당연한 도리이오. 그런데 작금의 새들이 그 본분을 잊어버리고, 노래하듯 즐겁게 지저귄다는 것은 한심하지 않을 수 없소. 슬프게 울지도 않는 새들을 어찌 새라고 할 수 있겠소? 저 뻐꾸기는 자신의 삶이 고달프거나 슬프지 않음에도 여전히 슬프게 울 수 있으니 모두가 본을 받아 마땅

할 것이오. 도대체 우리 가운데 누가 저렇듯 슬프게 울 수 있단 말이오?"

그러자 거위의 사촌격인 오리가 옳소, 하며 한마디 덧붙였다.

"숲은 우리 모두의 것입니다. 그 누구의 것도 아닙니다. 뻐꾸기는 태어나면서부터 남의 집에서 남의 먹이를 얻어먹고 살다가 성장하면 미련 없이 보금자리까지 포기하고 떠나 버립니다. 그래서 그는 여태 자신의 집도 갖지 않은 채 진정한 무소유의 삶을 실천하고 있는 새입니다."

뻐꾸기를 본받자.

뻐꾸기 붐이 물결쳤다. 그러나 반대 세력도 만만찮았다.

뻐꾸기는 너무 촌스럽다. 그리고 우는 것도 지도자로서 품위가 없다.

숲의 주도 세력인 학들이 지도자로 인정하지 않았다.

뻐꾸기는 원래 남쪽 숲 귀퉁이에 살았는데 자기 동네에서도 별로 인기가 없었다. 목소리는 좋았지만 험상궂은 얼굴에다 일도 하지 않았고, 탁란托卵까지 일삼으니 싫어하는 새들이 많았다. 그러나 봄 한철 그가 울어대는 소리는 더러 심약한 새들의 심금을 울리기도 했다.

그러나 언제나 바람을 잘 타는 까마귀 무리들이 기회는 이때다며 뻐꾸기 편을 들고 나왔다.

"뻐꾸기야말로 우리 힘없는 새들의 모습이요, 또한 약한 새들의
대변자입니다."

"옳소."

주로 목소리가 큰 새들이 까마귀 무리에 합세했다. 조용하던 숲
은 날마다 시끄러운 소리로 가득 찼다.

뻐꾸기가 새로운 지도자가 되었다. 까마귀, 까치, 거위, 오리…….
목소리 큰 새들은 제 세상 만난 것처럼 더욱 목소리를 높였다. 숲은
그들의 세상이 되고 말았다.

거위는 어느덧 울음소리도 꺼꾹꺼꾹 하면서 뻐꾸기 소리에 닮아
있었다. 오리들도 무리지어 꽥, 꽥 하던 울음을 꽤꾹, 꽤꾹 대면서
숲 속의 새들을 선동했다. 거위 오리만이 아니었다. 까마귀도 까악
까악에서 까꾹까꾹으로, 참새는 쩨꾹, 닭은 꼬꾹, 촉새는 촉꾹으로.

숲 속에 모든 새들의 우는 소리도 닮아 갔다. 본래 제 울음을 우
는 새들이 이상한 새로 몰리기 시작한 것도 그때부터였다. 애초에
슬픈 소리를 낼 수 없는 새들은 입을 다물었고, 슬픈 소리를 내던 새
들 중에도 그런 분위기가 싫어서 입을 다물어 버렸다.

어느 날 맹랑한 새가 나타났다. 동쪽 숲 가장자리에서 어린 새들
을 모아 놓고 가르치는 새였다.

"우리 새들은 반드시 슬픈 소리를 내어야 할 필요가 없다. 새들도 즐겁게 노래할 수 있다. 각자 타고난 목소리에 따라 슬프게 울 수도 있고 즐겁게 노래할 수도 있는 것 아닌가. 왜 우리는 뻐꾸기처럼 슬프게 울어야 하는가."

그야말로 맹랑하게 지저대고 있었다.

풍경 1

나른한 봄날 오후였다. 점심을 먹고 자리로 돌아와 잠시 휴식을 취한다. 잠이 밀려오는 시간이다. 옛날 같으면 이런 때 딱 좋은 게 있다. 바로 담배다. 아, 담배…… 한 모금만 빨 수 있다면 너무 행복할 것 같다. 그러나 이제 그런 것은 잊어야 한다. 담배는 마약보다 더 위험한 것이 되고 말았다. 피우다 걸리면 그 자리에서 바로 체포된다. 3년 이상의 징역과 직장에서 쫓겨나는 것은 물론이고 사회로부터 지탄의 대상이 되니 인생은 그 길로 끝나는 것이나 다름없게 된다. 아무리 담배 생각이 간절하다 해도 그건 있을 수 없는 일이다. 다시는 생각해서 안 되는 일이다.

하지만 그럴수록 담배를 피우고 싶은 욕구가 모든 감각을 타고 올라와서 몸이 뒤틀릴 지경이었다. 지난번에는 도저히 참을 수가 없어

죽을 각오로 몰래 담배를 피웠다. 화장실에서 문을 꼭 걸어 잠그고 한 모금 연기를 내뿜을 때마다 변기에 목을 처 박고 물을 내렸다. 그러면 담배 연기와 냄새를 완벽하게 제거할 수 있다. 하지만 그 일은 정말 목숨을 걸어야 하는 일이기 때문에 너무 떨리는 일이다. 지난 번에는 그렇게 완전 범죄가 되었다지만 이번에도 그러리라는 보장이 없다. 꼬리가 길면 언젠가 밟히는 법이 아닌가. 부장이 그렇게 하다가 결국 사달이 나고 말았다. 회사에서 쫓겨나는 것은 물론이고 3년 감옥 생활에 결국에는 부인으로부터 이혼까지 당하고 말았다.

아, 담배…… 그것은 끔찍한 상상이다.

A는 다리를 책상에 올려놓고 한결 편안한 자세를 취해 본다. 간절한 담배 생각을 억제하면서 막 낮잠을 자려는데 건너편 건물 창에 한 사내가 매달려 있는 것이 눈에 들어왔다. 가만히 보니 그가 뭔가를 소리치고 있었다. A는 직감적으로 그것이 뭔지를 알고 있었다. 필시 담배 때문이라 판단했다. 화장실에서 몰래 담배를 피우다가 발각되어 창밖으로 도망가는 장면이 떠올랐다. 창밖은 10층 아래 까마득한 높이였다. 그것은 가위눌림 같은 것이었다. 요즈음 들어 A는 꿈자리에서 그런 가위눌림을 자주 당하는 편이다.

A는 벌떡 일어나 창을 열고 내다봤다. 아니나 다를까 그는 20층 건물 중간쯤에 매달려 있었고 좌우 아래 위에서 경찰이 에워싸고

있었다. 그는 여차하면 곧 뛰어내릴 자세다. 그는 온몸으로 절규하고 있었다.

회사 화장실에서 담배를 피웠는데 누군가가 신고를 한 모양이었다. 경찰이 출동했고, 그는 체포되느니 차라리 죽어 버리겠다고 맞서고 있었다. 그런 모습은 요즘 와서 꽤 흔한 모습이었다. 며칠 전 명동의 한 비밀 지하 카페에서 10여 명이 집단으로 담배를 피우다 신고를 받고 출동한 경찰에 반발하며 체포를 거부하다가 경찰이 발포한 총탄에 한 명이 사살된 뒤에야 전원이 체포되는 무시무시한 사건이 있었고, 어저께는 경기도 광주시 인근 야산에 숨어서 담배 피우던 청년 역시 신고를 받고 출동한 경찰의 검거에 불응하여 계곡으로 도주하였다가 일주일 만에 사살되기도 했다는 등 연일 흡연자 소탕 작전에 관한 소식들이 신문과 방송을 장악하고 있었다.

언제 뛰어내릴지 모르는 상황도 위험하지만 경찰의 인내심도 위험하기는 마찬가지다. 여차하면 발포할 수도 있다. 다만 많은 사람들이 보고 있기에 설득에 최선을 다하고 있는 것 같다. 그러나 한 쪽에서는 실탄을 장전한 저격수들이 그를 정조준하며 명령만 기다리고 있음이 분명했다. 나른한 점심시간이 한순간에 날아가 버렸다. A는 정말 남의 일 같지가 않았다. 자리로 돌아와서 책상 구석구석을 뒤졌다. 혹시나 있을지 모르는 담배를 찾아 없애 버리기 위해서였다. 담배에 대해서 생각 자체를 하지 않기 위해서 원천 봉쇄를 해야 했다.

딱 한 해 전에 담배퇴치법이 국회를 통과했다. 이제 대한민국에서는 담배를 피울 수 있는 자유는 없다. 자신의 골방에서도 담배를 피울 수 없다. 그동안 1갑에 5만 원까지 올려 규제하던 것도 모자라 아예 판매를 금지시키고 말았다. 판매 금지뿐 아니라 소지하는 것도 금지했다. 담배 피우는 행위 자체가 범죄이며, 그것도 아주 악질적 사회악으로 취급하고 있었다. 그래도 밀수나 국외로부터 숨겨 들어오는 담배로 흡연자 적발은 줄어들지 않고 있었다. 적발되면 현장에서 체포되며 체포에 순순히 응하지 않는다면 사살을 할 수도 있으며, 최하 3년 이상의 징역형이었다.

풍경 2

'살인마 유강철'을 기억할지 모르겠지만 십여 년 전 벌어진 연쇄살인 사건의 살인범으로 일 년여에 걸쳐 서울 지역을 돌며 무려 20명의 부유층 노인과 여성들을 살해한 사건이다. 방법이 참 잔혹했다. 자신이 제작한 망치나 칼을 이용해 살인을 저지른 뒤, 시신을 토막까지 내는 잔인함을 보였다. 이유는 부유층에 대한 불만, 이혼남, 전과자로서 여성들에게 절교를 당하면서 여성 혐오증을 갖게 된 것이 꼽힌다. 유강철은 20명의 노인과 여성을 살해한 것 외에도 자신이 5명의 노인을 더 살해했다.

그런데, 지난달 서울 강남에서 70대 여성을 잔인하게 살해한 21살 '이노마'는 '살인마 유강철'을 존경하고, 유강철처럼 살겠다고 다짐한 사이코패스 징후를 보였다. 살인 행동 수칙까지 작성했고, 더 못 죽이고 잡힌 게 아쉽다고 했다니, 사람들로 하여금 소름이 돋게 했다. TV한국이 여자와 노인 순으로 7명을 살해하려던 계획이 담긴 수첩을 입수했다. 그런데 아무리 사이코패스라지만 살해자 가운데 노인이 절반을 차지했다는 측면이었다. 여성을 죽인 것은 이유가 있다지만 노인들이 살해당한 것은 아무런 이유가 없었다. 노인 혐오증이 팽배해지고 있다는 증거였다.

아니나 다를까 이노마 사건과 유사한 모방 범죄가 연이어 터졌다. 이제는 여성에서 노인으로 과녁이 명백하게 옮겨 가고 있었다. 전라남도 신안군의 한 섬마을에 혼자 사는 40대 남자는 아무런 이유없이 이웃 집 노인을 살해했다. 살인 동기를 묻는 경찰에 '그냥 눈에 거슬려서'라고 대답했다. 눈에 거슬린다는 이유로 수십 년째 한 마을에 같이 살아온 이웃 노인을 살해한 것이다. 그보다 더 충격적인 것은 경기도 파주에서 벌어진 살해 사건이었다. 경로당에서 화투 놀이를 하고 있던 세 명의 노인이 역시 같은 동네 청년에게 살해

되었다. 청년은 노인들이 밥버러지처럼 놀고 먹고 있는 것 같아 충동적으로 살해했다고 했다.

그 무렵 '고려장부활추진위원회'가 결성되었다.

선거 직후 '노인들의 노령 연금을 없애자', '전철 무료화 반대한다', 노인들이 잘 다니지 못하게 하기 위해 '엘리베이터와 에스컬레이터를 없애 버리자'는 농담 섞인 말이 돌더니 급기야 차원 낮은 선동이 등장한 것이었다. 지난번 선거에서는 노인층이 젊은 층보다 숫자가 더 많아졌다. 숫자만 많아진 것이 아니라 예민한 정책이나 후보자들이 모두 노인들이 원하는 쪽으로 결정되었다. 거기다가 갈수록 노인들의 숫자는 늘어 간다. 늘어 갈 뿐만 아니라 좋은 약이나 치료법으로 잘 늙지도 죽지도 않는다. 이러다가는 곧 노인들의 세상이 될 것은 자명하다. 노인들의 세상이 된다는 것은 젊은층 입장에서는 변화가 없는 세상, 장래가 암담한 세상이다. 생각만 해도 끔직하다.

노인 혐오증이 마치 전염병처럼 사회 곳곳으로 퍼져갔다. 그 소문에 슬그머니 따라 나온 것이 '고려장부활추진위원회' 결성 소식이었고, '고려장부활추진위원회'에서는 노인 암살단이라는 소름끼치는 산하 단체도 포함되어 있었다.

그러한 분위기는 점점 뒤틀려지면서 광기를 풍기기 시작했다.

노인들을 살해하는 것이 범죄적 차원이 아니라 사회 운동적 차원으로 승화되고 있었으니 범죄자가 오히려 영웅이 되고 있는 판이었다. 운동이란 원래 인간을 계도하려는 교만에서 오는 것이라서 경우에 따라선 무리가 뒤따르고 폭력성을 동반한다.

한국방송 〈전국노래자랑〉의 송하 노인은 진작 자리에서 쫓겨났다. 그리고 보니 언젠가부터 노인 스타들이 텔레비전 화면에서 완전히 자취를 감추어 버렸다. 그것뿐이 아니었다. 전국의 대부분 경로당에도 노인의 모습이 거의 사라지다시피 했고, 지하철 경로석에도 자리가 텅하니 비어 있었다. 노인이라는 사실을 가리기 위해 염색약이 품절될 만큼 팔려 나가 하얀 노인의 머리카락은 보기가 힘들어졌다. 간혹 눈에 보이는 머리가 흰 노인들이라 할지라도 몇몇이 모여 다니거나 하며 만일의 사태에 대비하는 모습이었다. 그 중에 돈이 있는 노인들은 형편이 나은 편이라서 경호원이라도 거느리고 다녔다.

드디어 서울과 광주에서 노인 암살단에 의해 멀쩡한 노인이 암살되는 사건이 발생했다. 서울에서는 혼자 길을 가던 노인이 백주 대낮에 살해되었고, 광주에서는 혼자 경로당을 지키던 노인이 암살되었다. 하루를 사이에 두고 터진 두 사건은 전국의 모든 노인들을 공포에 떨게 했다. 안 그래도 노인에게 제공되던 버스 지하철 등 각종 교통 요금 할인 혜택과 연금 지급을 없애라는 주장이 심심찮게

나도는 마당에 암살단 같은 극단적인 노인 혐오 단체가 생겨난다는 것은 여간 두려운 일이 아니었다.

혼자 사는 노인들은 아무런 보호막이 없어 더욱 불안할 수밖에 없었다. 한번 광기가 터져 나오자 흐름은 걷잡을 수 없이 커져 갔다. 여기저기서 유사 단체들이 생겨났고, 테러가 횡횡했다. 지난번 선거 이후로 빚어진 일이니 노인들의 선거권을 박탈하라고 스스로 청원하는 노인 단체도 있었다.

풍경 3


텔레비전과 라디오에서 정규 방송을 중단하고 긴급 뉴스를 전하기 시작했다.

승객 200여 명을 태우고 김포 공항에서 하네다 공항으로 가던 일본 항공 소속 비행기가 괴한에게 납치되어 청주 공항에 불시착했다. 괴한들은 세 사람이었는데 모두 40대 한국인이었다. 그 중에 여자도 한 명 있었다. 그들이 스스로 밝힌 신원에 의하면 여자는 '한국징용문제대책협의회' 일명 '징대협' 소속이며, 다른 한 명의 남자도 같은 '징대협' 소속이고, 나머지 남자 한 명은 모 대학 시간 강사라고 했다. 괴한들은 청주 공항 도착 즉시 100여 명의 한국인 승객들은 모두 풀어 주고 나머지 100여 명의 일본인 승객을 인질로 잡고 경찰과 대치 중이었다. 그런데 문제는 괴한들의 요구 조건이 모두 일본 정부를 향하는 것이어서 한일 간 외교 문제로 비화될 조짐이었다.

한국인 징용 피해자 배상 그리고 식민 지배에 대한 천황과 수상의 사죄, 망언 재발 방지, 독도는 한국땅이라고 공식 선언할 것 등이었다. 괴한들은 자기들의 요구 사항을 들어주지 않으면 비행기를 폭파하겠다고 위협을 하고 있었다.

일본은 발칵 뒤집어졌다. 100여 명의 승객도 승객이지만 한국 승객을 모두 석방하고 일본인만 인질로 잡고 일본 국민들의 감정을 자극하는 요구 조건을 내걸고 있었다. 특히 일본의 극우 단체들은 범인들과 절대 협상하지마 라고 요구하는 한편 우리도 한국 비행기를 납치해 보복하겠다고 호언장담하고 있었다.

일본 내의 혐한 시위가 도를 넘고 있었다. 그동안 간간이 이어지던 혐한 시위의 횟수가 폭발적으로 증가했으며 시위 발생 지역도 대도시 중심에서 일본의 전역으로 확산되었다.

일본의 우익단체인 '재일 한국인의 특권을 용납하지 않는 모임' 이른바 '재특회가 기다렸다는 듯이 혐한 시위에 불을 지폈다. 평소보다 열 배나 많은 재특회 회원들은 이날 오후 도쿄 도시마 구 구민회관에서 집회를 연 뒤 이케부쿠로 도심에서 2시간가량 시위를 벌였다.

"한일국교 단절하자!", "일본의 명예를 지켜내자!", "불량한 조선인 추방."등의 구호를 외치며 목에 핏대를 세웠다. 평소 같으면 때를 맞춰 인종 차별에 반대하는 시위도 있었지만 이날은 그마저 보이지 않았다.

일본의 혐한류의 선봉이었던 대표적 혐한 서적인《일본인을 괴롭히는 재일한국인과 한국인의 죄》,《자학사관自虐史觀에 입각한 한국의 역사관》,《치매 한국인》,《범죄 민족 한국인은 누구?》등과 같은 자극적인 타이틀로 한국을 심층 분석하는 내용이 실려 있는 책들은 없어서 못 팔 정도로 서점마다 긴 줄을 서고 있는 상황이다. 일본의 신간 논픽션 부문 베스트셀러 10위권 중 혐한 서적이 절반이나 됐으며, 일본의 5대 메이저 방송사로 불리는 NHK, 후지 TV, TBS, 아사히 등에서 2010년 이후 처음으로 한국 드라마 편성 중단을 선언했다. 야후 재팬, 2ch, 니코니코동 등 일본의 인터넷 사이트나 주간지도 혐한 일색이다. 산케이 같은 우익 일간지는 말할 것도 없고 요미우리 같은 비교적 중도적인 일간지도 혐한 분위기로 돌아섰다. 공정 방송의 대명사인 NHK마저도 혐한 보도 일색이다. 더욱이 혐한 시위대가 외치는 구호 내용이 잔인해지고 있다는 점도 주목된다.

'한국인을 죽여라', '기생충인 조선인을 살충제로 박멸하자', '조선인 여자를 강간하라' 등의 구호가 난무했다. 지난해 일본의 한 여고생이 길거리에서 조선인 대학살을 부르짖던 유튜브 동영상이 새롭게 부각되고 있으며, '한국과 관계를 맺으면 불행해진다'는 의미인 'K의 법칙'이라는 황당한 신조어마저 유행하며 총리의 페이스북에도 올라왔다고 한다. 마치 일본 열도가 혐한 광기를 보이고 있는 것 같다.

특히 우려되는 것은 이 같은 일본의 혐한 감정이 일부 젊은층과 보수주의자들에 국한된 것이 아니라는 전반적인 사회 현상이 돼 가고 있다는 것과 그것이 점점 광기를 띠고 있다는 점이다. 아니래도 시들해져 가던 한류가 꽁꽁 얼어붙어 버렸다. 일본에서 활동하던 모든 한국인들 특히 신분 노출이 심한 연예인들이 직격탄을 맞았다. 대부분 방송 출연이 중단되고 보복 위협에 다른 활동도 접은 상태였다.

일본 중년 여성들에게 거의 신격화되던 배용모의 사진이 들어있는 포스터나 책 표지 등이 여기저기 찢어지고 얼굴 위에 황칠되는가 하면, 김태해는 모든 광고 모델에서 제외 되었고, 최근 최고의 인기를 누리는 장군석도 시청자들의 반발로 방송 출연이 취소되는 사건이 벌어졌다.

연예인뿐 아니라 일본 프로야구에 진출한 이대포 선수는 타석에만 나오면 '우우' 하는 야유와 한국으로 돌아가라며 물병 등 쓰레기를 던지는 바람에 경기를 제대로 할 수 없게 되었고, 재일 동포들이 많이 사는 오사카 지역을 연고로 하고 있는 탓에 한국에 대단히 우호적인 명문 구단 한신에서 마무리 투수로 활약하는 오승만 선수 역시 마운드에 등장하면 아군, 우군 상관없이 야유를 퍼붓는 바람에 구단에서는 심각한 고민에 빠졌다. 뿐만 아니라 하루 만 명을 넘나들던 일본인의 한국 방문객들이 뚝 끊어져 남대문 시장을 비롯한 명동 상가에 시름이 깊어졌고 한국 경제에도 심각한 타격을 주고 있었다.

풍경 4

부산의 도심인 서면의 영광도서 앞에서 한 무리의 젊은이들이 성난 얼굴로 책을 불태우는 퍼포먼스를 펼치고 있었다. 그 책은 부산의 소설가 '서각'이 쓴 《친일을 위한 변명》이었다. '친일 매국노, 민족 반역자를 처단하라'는 현수막이 바람에 펄럭였다. 곧 불에 타버릴 그 책에는 다음과 같은 내용이 들어 있었다.

내가 친일파인 이유

하나, 좋은 이웃이다.

둘, 우리와 너무 닮았다.

셋, 두 나라 사이의 긴 역사를 볼 때 서로의 영향을 절대적으로 받았다.

넷, 일본은 우리에게 서양에 대해서 많은 자신감을 줬다.

다섯, 일본에는 우리가 잃어버린 전통들이 잘 살아 있다.

여섯, 일본 사람들은 친절하고 예의가 바르다.

일곱, 근세기 제국주의가 세계를 휩쓰는 과정에서 우리가 어차피 강대국의 식민지가 될 운명이었다면 차라리 일본의 식민지였던 것이 다행이었는지 모른다.

여덟, 과거의 역사는 과거일 뿐이다.

아홉, 일본 사람들은 우리에 대해 우리가 자기고 있는 적대감이 별로 없다.

열, 사실 우리는 아직 일본에게 배울 것이 많다.


그에 앞서 그는 인터넷 토론에서 '쥐뿔'이라는 '서각'의 순우리말 이름으로 자칭 삼류 소설가요, 친일파라고 했다가 완전히 개박살났다. 5년 전 발간한 그의 책 《친일을 위한 변명》이 일시에 매도당했다. 분개한 네티즌들은 그의 본명과 그의 주소, 그가 근무하고 있는 학교, 심지어는 출신 학교와 그가 출간한 책을 찾아냈다. 그가 근무하는 학교로 연일 몰려가 시위를 하는 바람에 수업을 제대로 할 수 없는 지경이었고, 그가 자주 산책하는 범어사 일주 도로에도 그들이 진을 치고는 그의 산책을 방해했다. 그가 사는 아파트에도 예외는 아니었다. 이런 자와 같은 아파트에 사는 것이 부끄럽다는 항의가 쇄도했다. 그의 출신 학교에서는 동창회에서 제명 처리까지 했고, 출판사들도 연이어 그의 책을 절대로 출간하지 않겠다는 선언을 하기에 이르렀다. 급기야는 그가 출간한 소설책을 시내 한 가운데서 불태우는 사건이 벌어지고 만 것이다.

화형식에는 《친일을 위한 변명》이라는 책 외에 그의 다른 책들도 망라되었다. 스스로 삼류 소설가라 했지만 나름대로는 꽤 알려진 소설가요, 출간한 책이 10권에 이르렀고, 그중에는 제법 인세를 챙기는 책도 있었다. 그러다 보니 쌓아 놓은 책 무더기가 제법 컸다. 행동 대장인 듯한 사내가 기름통의 두껑을 열더니 휘발유를 책 무더기 위에 부었다. 횃불용 막대기에 불을 붙였다.

"매국노 처단!"

짧게 소리를 지르고는 횃불을 번쩍 들어 공중에서 한 바퀴를 돌린 다음 책 무더기에 불을 붙였다. 불은 순식간에 활활 타올랐다. 책 무더기를 둘러싼 다른 대원들도 일제히 구호를 외쳤다.

"친일매국노를 처단하라!"

"친일매국노의 책을 절대로 팔지 마라!"

쥐뿔은 그야말로 쥐뿔도 아닌 게 납죽대다가 온갖 수모를 당했다. 수모에서 끝나는 것이 아니라 그런 분위기라면 생명을 보존하기에도 어려워지고 말았다. 성난 민심에 의해서 법은 순식간에 만들어지고 집행될 수 있었다. 그즈음 그런 일들이 빈번하게 있었고, 그 위험이 시시때때로 그에게 다가오고 있었지만 쥐뿔은 정말 쥐뿔도 아닌 게 감히 광기 어린 민심들과 맞서고 있었다.


풍경 5


참으로 오래만에 대한민국에서 사형이 집행되었다. 그것도 확정 판결이 난 지 하루도 넘기지 않았다. 최근 새로이 제정된 '반민족인사 처단법'과 '반민주인사 처단법'의 첫 적용이었다. 그 첫 적용 대상자가 필명이 서각鼠角이라는 소설가였다. 그는 친일을 정당화한 매국 행위와 전국민이 혐오하는 담배를 많은 사람 앞에서 보란 듯이 피워 댔고, 그 행위를 미화했기 때문에 두 처단법에 걸려든 것이었다. 어쩌면 그는 사형을 피할 수도 있었는지 모른다. 그는 죽는 줄 뻔히 알면서도 도망가지 않고 죽는 길을 간 것이다. 너무 무모했다. 다시 말하면 그의 이름처럼 쥐뿔도 아닌 주제에 세상의 흐름을 거역한 것이다.

# '씨발'된 세상

———

한상준

전북 고창 출생으로, 1994년 〈삶, 사회 그리고 문학〉에 《해리댁의 망제
忘祭》를 발표하며 작품 활동 시작하였다. 소설집 《오래된 잉태》 《강진
만》이 있으며, 교육 에세이집 《다시, 학교를 디자인하다》가 있다.

"일시日時 동일. '만복식당'. 참석 가부, 알려주삽길!"

모임의 총무인 도반 소蘇가 확인차 보낸 문자였다. 메시지 창을 닫았다. 참석 여부를 띄우지 않았다. 총무의 장소 탐색이 만만치 않음을 모르진 않았다. 함에도, 마뜩잖은 속내를 떨칠 수 없었다. 대저, 언제까지 이럴 것이오이까, 하는 언질을 지난번 모임에 이어 다시 또 내뱉기 싫었다. 모임의 장소가 또 생소한 곳이었다. 자주 바뀌는 데에 따른 불편함의 호소였다. 너그러운 소는 그만, 입가에 잔주름 머금고 말 뿐이겠지만 나도 소의 심경을 더 건드려선 안 될 성싶었다. 이게, 어디 소의 탓이런가?

만복식당, 만복식당…… 되뇌어 보았다. 정감 있으나 허름한 백반집이되 술꾼들이 더 드나드는 선술집일 거라는 느낌의 상호였다. 첫 번째 문자로 위치를 알려 주긴 했다. 알 만한 큰 건물의 뒤쪽 어디라, 하였다. 초등학교 옆길이고 성당 뒤라지만 그 지역이 머릿속에 그려지진 않았다.

퇴근이 가까워졌다. 대충 책상 정리하고 컴퓨터 화면도 껐다. 송곳 끝이 눈알을 콕콕 후비는 듯 아팠다. 연중 가장 바쁜 시기였다. 짬이 나기만 하면 모니터에 눈심지 박아 두고 매달려 있는 게 요즈음 일과日課였다. 때로는 눈물샘마저 건드려 놓은 듯 아렸다. 눈물이 주룩 흘러내리기도 하였다. 눈을 감고 눈꺼풀을 양손으로 문질렀다. 좀 나아진 듯했다.

노안이 온 건 딱히 어제가 아니었다. 돋보기 곽을 허리춤에 차고 다닌 게 벌써 서너 해 전이다. 그래도 종이 신문 들추길 그만 둘 순 없는 노릇이었다. 특히 5, 60대의 종이 신문에 대한 애착은 남달라 보였다. 인터넷 신문 몇 군데를 뒤져 보고도 종이 신문 들추곤 하는 주변 사람들이 많았다. 모임의 도반들은 죄 그랬다. 어쨌거나, 자리에 앉아 차분히 신문 볼 짬마저 이즈음엔 쉽지 않다. 늘 그렇듯 퇴근 무렵에야 신문을 펴 보곤 했다. 그것도 큰 제목만 설겅설겅 들여다 볼 뿐이었다.

나는 보던 신문을 확 밀쳐놓았다. 세상 꼴이 더욱 곰팡스레 나아가는 연유였다. '통일 대박론'이 판을 치는가 싶더니, 연이어 터지는 '서울시 공무원 간첩 조작 사건'은 그야말로 하급 수준의 막장 드라마였다. 거기에다, '세 모녀 자살 사건'으로 통칭되는 복지 사각지대와 관련한 기획 기사가 신문을 도배했다. 메밀떡 굿에 쌍장구를 치려니…… 그도 그럴 것이라는 생각에 부아가 끓고 머릿골 지근거리는 걸 어쩌지 못한다. 취임 1년 지난 '박의 정부'가 파기한 대선 공약을 꼽아 보았다. 토사구팽 된 공약만도 한 손으론 부족했다. 다른 손의 다섯 손가락 중 하나를 남겨 둘까, 말까 망설였지만 남겨 둘 수 없었다.

퍼뜩 한 인물이 떠올랐다. 3월에 독일로 떠난다고 한, 경제민주화를 '박의 정부' 공약으로 추켜세운 장본인의 근황이 궁금해졌다. 독일 경제를 공부하러 간다 했는데, 그래서 누구에게 줄려는지 알 수 없었다. 한국을 뜨고자 하는 그의 행위가 불경으로 치부될 수 있으리니, 소문 없이 갔더라도 거기서 돌아올 수는 있을까? 고령의 고집이 그에게 있다손 절대권력 앞에선 속수무책일 터였다.

신문을 덮고는 핸드폰을 열었다.

'참석 가.'

도반 소가 보낸 문자에 답신을 날렸다.

만복식당은 택시 기사도 잘 몰랐다. 알려 준 초등학교 부근에서 내려 한참을 헤맸다. 총무와 세 차례나 통화한 뒤, 겨우 찾았다. 성당 뒷길로 오면 된다고 알려 주었으나, 그 주위를 뱅뱅 돌았다. 식당은 주차 공간마저 달리 없었다. 주택가 좁은 이면 도로 변에 있었다. 도색마저 군데군데 벗겨진 간판이 눈에 띄었다. 간판을 내건 상가가 여럿 보였다. 하지만 대문을 걸어 잠근 집이 더 많았다. 상업 지역은 아닌 듯했다. 그렇다고 주택가라고만 하기엔 어정쩡한 곳이었다. 다닥다닥 붙은 집 사이에 홰를 튼 자동차 경정비 센터가 식당 앞에 있으나, 손님도 정비사도 보이지 않았다.

식당 안 또한 간판처럼 허름했다. 주모도 그랬다. 주방과 홀이 비슷한 크기였다. 홀에는 4개의 낡은 탁자가 옹색하게 놓여 있다. 일찍 온 몇몇 도반들이 방 안에 있었다. 주모가 기거하지는 않으나 손님 뜸할 때 잠시 쉬는 방으로 쓰는 듯했다. 방 안에 차려진 주안상은 허름하지 않았다.

"어이쿠, 이렇듯 누추한 곳으로 장소를 정해 사형을 힘들게 하였소이다. 양해를 구하나이다, 그려."

총무 소가 반겼다. 지난번 내가 뱉은 말을 떠올렸을 것이렸다. 소에게 악수를 청했다. 소의 손이 따뜻했다. 술상의 안줏거리가 다양했다. 회무침, 호박전, 해삼물회, 바지락 국물에다 삶은 소라도 굵었다. 숙주나물에 봄내 나는 취나물 무침까지 더해 푸짐했다. 접시가 곱진 않으나 주모의 손이 커 보였다. 모름지기, 선술집 맛이 났다. 소에게 웃음을 건넸다.

"영원한 길치시지, 뭐."

동갑인 도반 민閔이다. 도반들 가운데 아직 몇 사람은 볼 수 없었다. 다른 도시에 살고 있는 도반 태太를 빼면 아홉이 모일 터였다.

"녹용 첩약이라도 잡수셨소. 신수 훤, 하외다."

나의 비아냥거림에 가만 있을 민이 아니다.

"보양제보다 윕지요."

"보시 중 최고로 치넌 보시를 이름이시렸다."

사투리를 일부러 쓰는 도반 호胡다. 그는 국어과科 서생書生이다. 신소리도 곧잘 내질렀다. 파안대소했다.

"허허, 뚫린 입이라고, 원."

나무라는 사형은 채蔡다. 그동안 지방에서 고생하다 이번에 생활 근거지로 이동해 왔다. 말 그대로 '저녁이 있는 삶'을 누리고 있다, 한다. 좋아라, 좋아라, 하는 말을 입에 물고 다녔다. 좌장인 국鞠이 들어선다.

"아이쿠, 미안하외다."

좌장이 교직을 그만둔 지 꽤 됐다. 그런 뒤, 아파트 팔고 가까운 촌으로 삶의 터전을 옮겨 간 바람에 서둘러 왔으리라. 좌장이 문 쪽으로 앉는다. 안쪽에 마련된 자리를 마다한다. 좌장이 서둘러 나가야 하는 걸 도반 모두는 안다.

"맹孟께서는 출장 중이라 하옵니다. 현장으로 바로 오시기로 하였고, 곽郭형은 갑작스레 회의가 잡히는 바람에 끝나는 대로 이리로 오시겠다, 하였소이다. 도반 태는 뭐, 아시는 대로 그렇고 해서, 현재 일곱 도반이 모이신 겁니다."

총무인 소가 성원 확인하듯 맹과 곽의 상황을 밝힌다. 모임의 도반들은 모두 열 사람이었다. 곽은 최근에 입문한 도반이다. 소의 오랜 벗이라 하였다. 현장이란, 곧 있을 집회 장소를 일렀다. 그 집회에서도 좌장의 역은 컸다. 지역의 '시국회의' 공동대표였다. 그래, 집회 점검차 좌장은 모임 중에 나서야 했다. 오늘 이 시각으로 모임을 정한 이유 역시 도반 모두 그 집회에 참석하자는 의지였다. 집회 뒤의 모임이 너무 늦을까 해서 앞당겨 만나는 것이었다.

"봄볕은 사방으로 꽃 천지를 만듭니다. 허나, 세상은 다시 그리고 더욱 춥습니다. 시계 방향으로 돌면서 근황을 나눕지요. 먼저 일어나야 하니, 나부터 하렵니다."

전과 다르지 않은 모임 형태다. 한 달에 한 번 모인다. 한 달 사이, 살아온 신상에 관해 시시콜콜한 이야기까지 돌아가며 나눈다. 다음으로, 시국에 관한 좌담이 대개는 오간다. 특별히 주제를 정하고 논박을 주고받는 때가 없진 않다. '명퇴'한 좌장 빼고 도반 모두 고교高校에서 아이들 만나는 서생이었다. 교육에 관한 논제가 주였다. 딴은, 학교 밖으로 나선 좌장이 교육과 관련한 논쟁거리를 더 자주 꺼내놓곤 하였다. 일명, 연향학파蓮香學派는 15년 이상 한 지역에서 지속돼 온 일종의 결사체였다.

좌장의 말투는 느리지만, 또렷하다.

"요즘의 우리 상황을 '씨발됨'으로 가 버린 '야만'의 사회가 되었다는 요지의 글을 얼마 전에 읽었습니다. 한신대 김OO 교수가 한겨레신문에 게재한 글이니까, 제현들께서도 봤겠지만…… 그 글을 읽고 나는, 이런 사회를 만들고 있는 주구가 누구인가를 곰곰이 생각해 봤습니다. 검찰과 사법부의 일부 법조 인사들이 이런 사회를 만들고 있거나 그런 움직임에 앞잡이 노릇을 하고 있더라, 하는 겁니다. 엄정해야 할 법을 사악하게 적용해서 이런 사회를 조장하고 있다는 생각을 결코 떨칠 수가 없더라는 것이지요. 해서, 나는 이런 주장을 하고 싶네요. 2010년 민족문제연구소에서 《친일인명사전》이라는 책을 출판하였지요. 당연히 정부가 앞장서서 해야 할 일인데 하지 않으니 일반 대중들이 모금하여 출간한 책이라는 건 다 아는 사실입니다. 일제 36년 동안 친일했던 인사 4,776명의 명단과 처신이 기록되어 누구나 볼 수 있게 되었습니다. 그런 연장선에서,

이제는 '친독재판검사인명사전'이 등장할 때가 되었다, 라고 나는 진단하고 있습니다. 해방 이후 현대사에서 독재를 옹호하고 지지하기 위해 본연의 임무를 망각하고 죄 없는 민초들과 역사와 민족에게 큰 죄를 지은 판검사들의 명단과 행적을 소상히 밝히자는 것입니다. 판검사에 대한 준엄한 판결문을 써서 만천하에 공개하고 자손만대에 알리자는 것이지요. 물론, 더 많은 훌륭한 판검사들께는 대단히 송구스러운 일입니다만 아무튼, 나는 요즘 이런 생각에 몰두하면서 《친일인명사전》 편찬 과정에 대해 여러 자료들을 모으느라 꽤 시간을 할애하면서 보냈습니다. 발간에 따른 구체적인 문제는 추후 논의할 수 있기를 희망해 보는데, 그러기 위해서 어떤 단위나 부문이 중심이 돼서 이걸 추진해 나가야 한다는 것입니다. 이 문제를 심도 있게 다룰 어느 단위를 세우기 위해 추후 힘을 쏟을까, 합니다.

또 다른 하나는 생명 의식에 대한 나의 짧은 인식에 대해 생각해 봤다, 하는 것입니다. 며칠 전에 딸아이와 사위가 집에 왔어요. 그래서, 뭐, 씨암탉은 아니지만, 집에서 기르고 있는 닭을 잡아 먹고 싶은데, 이걸 내 손으로 잡을 수가 없더라, 이겁니다. 아무리 궁리를 해도 잡을 수는 없고 먹이고는 싶고 해서, 닭 두 마리를 포대에 넣어 가지고 가까운 시장에 가서 잡아가지고 와서 삶아 줬습니다. 그런데, 이런 과정을 거치면서 참 묘한 생각이 들더란 말입니다. 뭐랄까, 도리어 생명에 대한 외경 혹은 생명에 대한 나의 사유의 결핍 내지는 모순성 등을 떠올리게 되더라, 하는 것이지요. 농가에 살게 된 게 이제 3년짼데, 올봄에 느끼는 농촌 생활에 대해 새삼 여러모로 감사하기도 하고 새로운 세상읽기를 하기도 하면서, 그러던 중 닭을 잡으면서 떠오른 생명에 대한 새로운 관점이랄까, 인식이랄까, 이런 걸 다시금 생각하게 되었다, 하는 겁니다. 농촌으로 터전을 옮긴 걸 참으로 잘 했다, 그렇게 여기고 있습니다."

좌장의 언담이 길었다. 할 말이 많은 듯했다. 말을 마친 좌장이 바로, 가만히 일어섰다.

"집회가 길 텐데, 한 술 뜨고 가시지요."

도반 견甄이다. 견의 배려가 늘 깊다. 누구에게나 그렇다. 좌장이 눈짓으로 답례를 한다. 모임 하는 곳과 집회 장소와의 거리는 멀지 않았다. 좌장이 찬 한 번 건드리고는 자리를 떴다.

이후 있을 집회에서 좌장의 발언을 미리 듣지 않았나 여겨졌다. 목례로 좌장을 보낸 뒤, 남은 도반들의 낯빛이 무겁게 닿았다. 좌장의 발언이 요즘 들어 가장 쎈 탓이었다. '친독재판검사인명사전'을 펴내야 한다는 발상은 긴장감을 북돋웠다. 생명 의식에 관한 사유도 그러하였다. 좌장의 삶이 더욱 치열해져 가는 걸 느꼈다.

"좌장의 비장함이 서늘합니다. 다음으로 넘어 가지요. 도반 서 께서."

총무가 진행을 맡았다. 내 차례였다.

"제가 모임에 몇 차례 참석하지 못하는 바람에 조금 지난 이야기 가 되었지만 말씀드리렵니다. 지난 설 연휴 기간 동안 라오스로 가 족 여행을 다녀왔습니다. 공정 여행을 지향하는 여행사를 통해 갔 다 왔는데, 특히 그곳 초등학교를 방문하는 일정이 있었습니다. 여 행사에서 미리 학용품을 조금이라도 준비해 오면 좋겠다는 언질이 있어서 볼펜과 노트 등을 약간 준비해 갔습니다. 방학 중이었는데, 우리 일행이 가자 학교 주변 마을에 사는 아이들이 다 모여 들었습 니다. 아이들은 너무 귀엽고 예쁜데, 가이드가 들려 주는 교육 현실 은 참으로 어두웠습니다. 우리가 국민(초등)학교 다니던 그 시절의 학교보다 훨씬 더 나빴습니다. 교실엔 낡은 책상과 의자, 칠판뿐이 었습니다. 교탁도 낡고 헤진, 요즘 한국의 교실에 비치되어 있는 어 떤 교육 기자재도 마련되어 있지 않은 황량함 자체였습니다. 정말 너무너무 열악한 교육 환경을 보고 눈물을 훔치지 않을 수 없었습 니다. 사회주의 국가인 라오스의 교육 투자에 대해 매우 실망스러 웠고 외국의 교육 원조를 가로채는 교육 관리들의 중간 횡령 사례 등을 들으면서 분노가 치솟았습니다. 도울 수 있는 방안을 여쭤 보았지만, 제대로 전달될지 의문스러운 상황에서 하지 않는 게 좋을 것이라는 가이드의 설명은 사회주의 국가 일꾼들의 기강 문란에 대해 참담한 생각을 가지지 않을 수 없었습니다."

썩 내키지 않은 설 연휴 해외여행이었다. 아내의 강권을 이기지 못했다. 자식들과 함께 한 여행이었다. 앞으로는 가족 여행이 더욱 어려울 것이라며 아내가 떠밀었다. 호텔에서 간단하게나마 차례를 지내겠다는 언약 받고 따라 나선 여행이었다.

허나, 즐거운 여행이었다. '비어 라오'를 마시며 일행들과 이야기 나누는 재미가 쏠쏠했다. 국내의 정치 현실을 암담하게 바라보는 일행 중 한 사람과의 대화는 죽이 맞기도 하였다. 그와는 돌아와서 나의 소설집을 보내고, 그가 발표한 글을 게재한 시사 잡지도 받는 등 교류하기도 했다.

"서 생원께옵서 해외로 나들이를 허셨다……. 딴 때도 아니고, 설을 쇠는 기간에 댕겨왔다, 이거지라. 놀랍소이다, 그려. 꼬장꼬장 헌 서 생원께서 내심內心 개혁을 허셨다, 허는 증표신데, 그런다 헐 짝시면, 라오스 공항 면세점서 사오셨을 양주, 뭐, 두 병도 아니고 한 병쯤은 입가심으로다 꺼내 놔야 말허자면, 개혁된 내심 아닌가, 허요만. 그간 두어 차례 불참헌 그 과를 우리 도반들께 혜량을 구하실 수 있는 최소한으 법도일 터인즉, 말이외다."

호의 너스레에 한 잔씩 들이켰다.

"소주면 최고지요, 뭐."

도반 민이 거들었다. 호가 이었다.

"도반 서께서 댕겨오셨다는 라오스를 지도 겨울 방학을 맞아 식
구들과 댕겨온 적이 있다, 허고 지난 참에 말씀 드렸습지요. 그때
나, 지금이나 동호지필董狐之筆허기는 무섭기가 같사옵긴 하오나,
속내에 더 두고만 있을 수 없다넌 맘이 인자는 생겨서 말씀드릴려
고 합니다. 라오스에서 탈북자를 만난 야그지요. 아조 지저분한 시
궁창 같은 판이 벌어지고 있는 '서울시 공무원 간첩 사건'을 보믄서
부끄럽고 해서리, 속내를 밝히지 안 헐 수 없게 되었다, 하는 것입니
다. 라오스 갔을 적이, 탈북자들을 돕고 있다는 어느 단체 소속 목회
자라는 분을 잘 알고 있다는, 여행객 중에 어떤 노숙헌 분이 있었는
디, 어찌다가 그 여행객 허고 목회자라고 하는 사람을 만나러 항꾸
네 가게 됩니다. 쪼매 더 정직허게 말씀을 드린다 허면, '어찌다가'
라기보다는 탈북자들이 어찌코롬 사는가? 그 동태가 궁금했고 또
탈북자들을 한국으로 데려오는 일 허는 사람들은 또 어찌코롬 생각
을 험서 그런 일을 허고 있는지를 알고 싶더라, 이것이 본령이었습
지요. 특히, 라오스는 중국허고 국경이 붙어 있는 동남아 국가 가운
디서도 국경 통과가 상대적으로 어렵지 않다더라, 허는 소문 땀시

탈북자들이 많다고 허드란 말입니다. 거그서 와신상담 다시, 태국을 거쳐 미국이나 일본, 한국 등지로 들어갈라고 허는 중간 기착지로써 이점이 탈북자들에게 있다 혀서 여러 갈래를 통혀서 라오스로 들어간다 허등만요. 글고, 그 탈북자들 요리조리 끌고 댕김서 태국 국경을 넘게 해줌시롱 돈벌이 허는 자들도 그 숫자가 적지 않다, 허더만요. 또 탈북자들이 그 사람들헌티 지불허는 액수가 크다 허는디 그런 돈은 또 어찌코롬 멩그는가? 허는 것들이 궁금허더란 말입니다.

아무튼, 그 실태를 알 수 있다면 알어보자 허는 일종으 충동적인 면도 없지 아니 혔습지요. 쪼매 거창허게 말씸드리자면, 도반 견계서 깊이 들여다보고 있는 통일 문제, 통일 교육에 대한 하나으 당면헌 접근법이 될 수도 있겠다는 생각을 가졌고, 딱 잡은 요런 기회를 놓칠 수야 없지, 허는 맘으로 따라 나섰지요. 목회자라는 분 사무실로 갔습니다. 그런디, 만날라고 허는 그 분이 갑작스럽게 업무가 있어 출타 중이더구만요. 해서, 차 한 잔 먹음서, 그 찻잔이 다 식어 불 때까장 지둘리고 있는디 거그를 찾아온 탈북자들을 만나게 됩니다. 후……."

호가 긴 숨을 내쉰다. 표정이 굳어졌다. 호의 말이 길게 이어지는 동안 술잔을 잡은 나의 손에 힘이 가해지는 걸 느낀다. 호의 속내가 읽혀졌다.

"여그서, 참으로 면구스럽고 쫌팽이 같은 소인배의 면모를 들여다보지 않을 수 없넌 상황을 딱 만나 불게 되았다, 하는 것이와다. 작금 벌어지고 있는 '서울시 공무원 간첩 사건'을 보믄서 오늘에 와서 더욱이나 그런 심경을 감출 수가 없게 되았다, 하는 점입니다. 그 탈북자들 외모가 우신에 너무 형편 없었습니다. 꾀죄죄헌 몸피는 둘째치고 입은 덧저고리허며 바짓가랑이는 딱 거지멩키고 머리는 엉키고 설킨 게 새집 쑤셔 놓은 듯헌다가 피부는 까무잡잡허니 타갔고 생긴 모양새가 북한이서 온 화상인지, 거그 현지 사람인지 당최 분간을 못 헐 정도로다 형편이 없더라고요. 지는 그런 사람들헌티 아무런 물질적 도움도 주지를 아니 헀습지요. 줄라고 허지도 않고 주어서 안 된다, 허는 어떤 강박 관념을 피헐 수가 없었다넌 점이 올시다. 그들 중 한 젊은 여자가 자기 살고 있다넌 디를 알려 줌스로 연락허라고 막 간청을 허는디, 그 처자 연락처를 받지도 않고 눈도 마주치지를 않고서는 아주 외면해 버렸습지요. 그러코롬 헌 심중 저 밑바닥엔 혹시나 엮으려 할지 모른다는, 얽혀 불지 모른다는 의구심과 두려움이 뇌리를 마구잡이로 파고들더라고요. '이석기 내란 음모 사건'까지 겹쳐 막 엄습혀오는디 소혼단장消魂斷腸이랄까, 그 당시 갑작스럽게 떨리는 맘을 저어헐 수가 없었다, 이것이옵니다.

그러다가 지금 벌어지고 있는 '서울시 공무원 간첩 사건'을 다시금 접하믄서 그때, 그 일이, 그 상황이 칩떠올라 몸과 맘이 떨리기도 하옵니다. 생각혀 보믄, 지는 어떤 피해 의식에 늘 사로잡혀 입때껏 살아오지럴 안했나 여깁니다. 아니, 지금도 내색을 안 헝게 그라지, 그 생각얼 떨치지를 못허고 있습니다. 빨치산으로 살다간 둘째 삼촌뿐 아니라 북서 넘어와 살고 지신 처가 쪽 가족사를 머릿속이서 빼내고는 살 수 없넌 처지가 되었고, 오늘도 여전히 지를 위축시키고 있다, 허는 것입니다. '너뿐 아니라 나도 조작 사건에 얽혀매 들어 갈 수 있을지 몰른다.'는 피해 의식에서 하루도 벗어나지를 못허믄서, 그러코롬 여전히 속박 당하믄서 살고 있습니다. '종북몰이'에 스스로를 딱 유폐시켜 놓고 자기 검열허는 관습적 강박을 안고서 겉으로는 태연헌 척, 말이와다. 지가 라오스서 겪은 냉혹한 현실이자 작금, '서울시 공무원 간첩 사건'을 보믄서 겪어야 하는 이 땅서 살고 있는 필부들으 지난허고 모진 삶이 모두에게 강요된, 딱 그러코롬 그려진 그림맹키로 '서울시 공무원 간첩 사건'이 지 의식에 닿아서 참말로 아프고 비통한 맘을 접을 수가 없다, 이런 말씸이옵니다."

침울함이 좌중을 덮씌웠다. 탈북자들을 만났다면 나는 어땠을까? 역시 호와 같이 했을 터였다. 속살을 옮죄는 떨림이 밀려왔다. 속내를 드러내지 않으려 안간힘을 쏟았다. 문득, 바깥이 조용해진

걸 느꼈다. 방금까지 기침 소리, 욕설이 튀어 나왔었다. 소리 잦아든 바깥의 분위기를 탐색했다. 바깥쪽으로 흘깃 눈길로 돌렸다 이내, 시선을 거둬들였다. 식당에 들어설 때엔 손님이 없었다. 나중에 들어온 모양이었다. 그리고 지금까지 일부러 떠들면서 이쪽을 염탐하지 않았을까, 하는 의구심을 내쫓지 못했다. 도반들은 미처 거기까지에 생각이 이르지는 않은 듯했다. 다시 바깥을 염탐하는 귀를 쫑긋 세웠다. 조용했다. 여전히 불안했다. 습벽이었다.

마침, 통일 교육에 심혈을 기울이는 견의 차례였다.

"통일 교육에 더욱 매진하고자 하는 저는 금번 '서울시 공무원 간첩 조작 사건'을 보면서 남 다른 당혹감에 사로잡혀 있습니다. 이를 두고 '간첩 사건'이라고 하지만 저는 '간첩 조작 사건'이라고 표현합니다. 더 정확히는 '화교 남매 간첩 조작 사건'이라고 부릅니다. 이렇듯 다른 표현이 지니는 의미망 역시 결코 간단하지 않습니다. 이 부분에 대해서는 뒤에 논의할 수 있을지 모르나 일단 접기로 하고, 이번 간첩 조작 사건이 내재하고 있는 정치적 함의를 한번 들여다보고자 합니다. 이번에 책을 내고 난 뒤에 저는 어떻게 하면 학교 교육 안에서 통일 교육을 좀 더 활발하게 이끌어 갈 수 있을까를 줄곧 고민해 왔습니다. 그런 차에, 박의 '통일 대박론'이 튀어나옵니다. 이를 계기로, 통일 문제에 대한 논의가 조·중·동을 중심으로 활발하게 전개되고 덩달아 학교 교육 안에서도 통일 교육이 되살아날 수 있겠다는 소망을 가지게 되었습니다. 한편으로는, 긍정적인 측면이지요. 그런데, 통일 논쟁이 한창인 시기에 간첩 조작 사건을 또 하나의 축으로 해서 통일은 반드시 흡수 통일이 되어야 한다는 여론을 확산하고 이를 기정사실화하려는 정권적 셈법이 내재한다는 것입니다. 더불어 학교 교육에서의 통일 교육을 원천적으로 차단하지는 않겠지만, 평화 통일을 내세우기보다는 흡수 통일 방향으로 가야 한다는 통일 교육의 지향성을 명백히 강제하고 있다는 걸 느끼지 않을 수 없다, 하는 점입니다."

도반 견이 잠시 말을 접고 숨을 고른다. 견이 작년에 낸 《선생님, 통일이 뭐예요?》라는 책이 2쇄를 찍는다고 했다. 민이 비집고 들어온다.

"'서울시 공무원 간첩 조작 사건'의 저간의 기류가 '흡수 통일론 확산과 통일 교육의 흡수 통일 내면화'를 내세우고 있다는 견해인대……. 헌데, 이 연결 고리 사이에 놓인 간극과 괴리가 소인에게는 읽혀지지가 않소이다, 그려."

"민 형께서 말씀하신 부분에 대해 견의 견해가 있겠지요."

도반 소는 늘 진중하다. 민은 좌장의 좌측 자리였다.

"초등과 중등 통일 교육의 지평을 넓힐 수 있는 환경 조성은 평화 통일을 일궈내기 위해서 매우 중요한 교육 덕목이라는 건 도반 모두 인식하고 있사옵니다. 또한 간첩 조작 사건은 '통일 대박론' 이전부터 진행되어 온 사건입니다. 이 사건의 발생이 지니고 있는 상황적 행간에 대해 읽어 볼 필요가 있습니다. 박 정권 들어서고 난 이후 국정원이 국내 정치의 전면에서 정치 현실을 주도해 나가고 있다는 건 주지하는 바이올시다. 국내의 모든 정치적 사안에 대해 남북 관계의 틀 안에서 진단하고 처방하고 있다는 것입니다. 설익은 것이로되 '통일 대박론'을 퍼뜨려 남북 문제를 굵은 선으로 상정하고 국내 문제를 자잘한 선으로 치환해 버리는, 그러면서 대내외적으로는 통일 기반의 형성이라는 민족적 대의를 선점하고 있다는 의도의 표출이라는 점입니다. 종북 논쟁으로 모든 대여 투쟁을 차단하고 닫아 버리려는 우롱의 정치를 기획해서 그대로 나가고 있다는 것이지요. 이 조작 사건은 그런 진행의 일환입니다. 그런데 뜻밖에도 이게 암초에 걸려든 꼴이 되었습니다. 저들이 판단하는 정치적 수세기에는 반드시 몇 십 년 동안이나 간첩 조작 사건을 만들어 내면서 국면 돌파를 시도해 왔다는 건 다 아는 사실입니다. 어느 섬에서는 그 섬 사람 대다수가 연루된 간첩 조작 사건도 있었습니다. 그처럼 관행적으로 국가기관에 의해 만들어진 '관제 간첩'이 소위 '간첩 사건 전문 변호사'라고 불리는 변호인에 의해 급기야 법정에서 조작이라는 게 밝혀집니다. 그동안 이런 조작이 지속적으로 가능했던 건 원천적으로 우리 내부에 내재되어 있는 '빨갱이 의식' 즉, 레드 콤플렉스를 통해 겁박 당하고 있는 연유에서 기인합니다. 민족적 트라우마이기도 한 이런 의식이 급기야는 자신을 자해하는 수준으로까지 이르게 하고 있다는 지적입니다. 앞서 도반 호가 말씀하신 내용이 바로 그렇습니다. 종북몰이로 내몰려 있는 각자에게 덮어씌워진 깊은 자해적 내상이라 하지 않을 수 없습니다. 결론적으로, 통일을 이야기할 수 있는 자는 오로지 1%의 기득권자에 속하는 이들에게만 허용하되 1% 이외의 민중들이 말하는 통일 논의는 죄다 죄악시하겠다는 걸 바탕에 깔고 있다는 것입니다. 누구든, 어느 부분, 어떤 단위, 여하의 단체든 통일에 대해, 평화 통일에 대해 함부로 발설하지 말아라, 모든 통일 관련 사업은 그 발언에서부터 행동에 이르기까지 특정 국가기관에 의해 통제하고 조정하겠다는 통치력의 일환으로 변질되었다는 것 이상도 이하도 아니라고 판단하고 있나이다. 학교 교육 안에서 통일 교육을 일궈 내려는 교사들에게도 언제든지 어떤 방식으로든 조작할 수 있는 간첩 협의에서 벗어날 수 없다는 걸 공개적으로 겁박하는 것이지요. 이게 어디, 나랍니까? 좌장께서 이른 '씨발됨'의 사회지요."

좌장부터 견까지 호흡이 길다. 부글부글 끓는 속내의 깊이였다.

"씨발, 한잔하십시다, 그려."

몇 잔 들이킨 연후 내뱉는 나의 푸념이었다. 사실은 감추고 싶은 속내였다. 바깥 동정을 설핏, 다시 느끼고자 했다. 시끄러웠다. 옆자리 도반의 빈 잔에 술을 따랐다. 손 떨림을 내보이지 않으려 애썼다. 언제부턴가 수전증이 얼핏 보였던 것이다. 불편한 술자리엔 더 그랬다. 바깥 동정을 자꾸 살피는 지금의 심중이 불편했다.

"내 신상에 대해서는 특별히 밝힐 게 없소이다. 저번 모임에서 이야기했듯 그저, 참 오랜만에 아내와 '저녁이 있는 삶'을 하고 있다는 소박함 정도이올시다. 해서, 나도 지금 오가고 있는 내용에 덧붙이고자 하옵니다. 음, 아무래도 오늘 좌장이 던지고 간 '씨발됨'의 사회가 화두인 것 같소이다. 나도 그 칼럼을 봤습지요. 황정은이라는 소설가가 쓴 《야만적인 앨리스씨》에 나오는 단어를 패러디해서 쓴 풍자이거나 해학이거나 하는 글로 기억됩니다. 나는 그 소설을 여태 읽어 보질 못해서 그런 단어가 쓰였는지는 모르겠으나 우리 사회를 진단하는 발언으로 여기까지 왔구나, 하는 인식은 하게 되었사옵니다. 물론, 우리의 정치 현실에 대한 통렬한 반성의 촉구라고 여깁니다. 그럼에도 어쨌거나, 우리 사회가 초·중·고 학생들 사회뿐 아니라 어른들의 사회마저도 '욕설의 사회'로 진입했다고 하는 표증처럼 여겨져서 한편으로는 땡감 씹은 듯 했소이다. 개운한 건 아니었다는 말씀이외다. 함에도, 속이 후련했던 건 부인할 수 없소이다. 더욱이나, '서울시 공무원 간첩 사건'과 관련한 인터넷 신문의 어느 기사 가운데는 현 서울시장을 종북분자로 엮어 내기 위해 차용한 비열한 정치 사기극이라는 기사도 있다고 들었는데, 앞서 언급한 통일에 대한 도반 견의 견해에 찬동하지 않을 수 없사옵니다. '통일 대박론'은 하여, 진정성을 어느 만큼이나 담고 있는 발언인가에 대해 의문을 갖도록 합니다. 국내 정치용이라는 의구심을 품도록 이끕니다.

한편에서는 유화적 제스처를 통해 통일을 이야기하면서 한편으로는 내란음모를 획책했다고 국회의원을 체포하여 12년 형을 선고하고 정당을 해산하려 하는 따위 또한 그렇습니다. 거기에 덧붙여, 근자에 들어서는 일부러 수많은 갈등 상황을 조장하고 있다고 여겨지기도 합니다. 대표적인 것이 전교조 법외 노조화, 철도 민영화, 의료 민영화, 파업 노동자 손배 청구 등을 통해서 전방위적으로 대중들을 압박하고 있다고 보는 것이지요. 이런 가운데, 분단 트라우마이자 우리 민족의 염원이기도 한 '통일'을 '대박'이라고 하는 표현을 보고 아연 또한 놀랐습니다. 고도의 산술적 계산 속에서 시중의 언어를 선택하여 통일이 매우 가까이 와 있다고 믿어도 좋다는 환상을 심도록 던져 줌으로써 모든 논쟁과 쟁점을 독점화하겠다는 발상이라고 봤소이다. 얼마 전, 박이 독일에서 행한 '드레스덴 연설'은

'통일 대박론'의 바탕인 흡수 통일을 지향하는 연장선에서의 선언이
자 제안이라고 보여집니다. 최근 북의 서해안 포격을 통한 반발은
한·미 연합 군사훈련에 대응하는 성격이 짙지만 한편으로는 대북
제안에 대해 거부하는 명백한 의사 표현일 수 있다는 점에서 그리
고 북이 그렇게 나올 것이라는 예상을 하면서 행한 연설이 아니겠
는가, 하는 의구심을 자아내고 있다는 것입니다. 그런 의미에서 '드
레스덴 연설'은 여러 복선을 깔고 있다고 보이기도 합니다. 작금의
통일 논의는 그 진정성을 의심하기에 딱 맞는 상황이라는 점을 부
인하기 어렵다고 소인 또한 보고 있습니다."

채는 연향학파의 오랜 도반이다. 초기부터 함께해 온 터다. 이런
논의에 그는 별반 끼어들지 않고 듣는 쪽이었다. 그저, 해학미를 곧
잘 내보이곤 하였다. 그런 그도 '씨발됨'의 사회에 대한 반응은 분명
했고 깊었다.

그때, 문을 두드리는 소리가 났다. 나는 들던 술잔을 내려놨다. 도
반 모두 문 쪽으로 눈길이 쏠렸다. 문이 확 열렸다. 도반 곽이었다.

"워메, 참말로. 난입잔 줄만 알았고만요, 이."

호가 입에 잔주름 내걸고 한 마디 건넸다.

"놀라셔야지요. 지금 주위로 쫙 깔렸습다."

곽 또한 낮은 소리로 내뱉으며 검지를 입가에 세웠다. 장난스러

왔다. 그가 입가에 웃음을 머금었기에 망정이지, 나이 육십이거나 육십 줄을 바라보는 도반들의 눈빛이 흔들리는 걸 느끼지 않을 수 없었다. 그때, 누군가의 주머니에서 핸드폰이 울렸다. 알림 노래가 흘러 나왔다. 〈내 나이가 어때서〉 한 대목이었다. '사랑하기 딱 좋은 나인데……'였다. 민이 얼른 핸드폰을 껐다.

"참말 넉살도 그만이오, 그랴. 시방, 사랑 타령이나 허고 자브까라?"

누구도 호응하지 않는다.

"회의가 예상보다 일찍 끝났어요. 집회 장소 옆을 지나오는데, 무전기 수신기를 귀에 꽂은 치들이 벌써 진을 치고 있습디다. 무대에 몇몇 보이는 이들 빼고는 전경 아이들이 아직은 더 많던대요."

곽이 민과 나 사이, 빈 좌장의 자리에 앉는다.

"시간이 아직 이른 게지요."

오늘 집회는 동부 지역 주최라고 누군가 말했다. 서부 지역과 남부 지역에서까지 합류한다, 하였다. 상당한 규모로 예상하고 있었다. 아직은 시간이 일렀다.

"겨울 동안 접어 뒀다 열리는 집회이기에 열기가 달아오르지 않겠나이까."

"모를 일이외다."

"박의 지지율이 고공 행진하고 있다잖습니까. 민생이 어려우면 서민들은 극단적 처방을 동원해서라도 사회적 안정을 요망하는 추이를 지금까지 보여 왔습니다. 중산층의 몰락이 선거 패배로 이어지는 현상은 지속될 거라고 보는 것이지요. 외면의 실체는 거기에 있습니다. 당연히 집회가 썰렁할 수밖에 없다고 보는 근거입니다."

"예단하긴 이르다고 봅니다."

"기층들의 현실 감각에 대해 패배주의적 관점에서 들여다보는 건 아닌지 냉정히 돌이켜 봐야 한다고 봅니다. 우리 내부에 있는 흉물스런 유산인 분단 트라우마 역시 청산해야 하고요."

"그렇사옵니다. 얽히고 설킨 가족 관계에서 어느 누구도 벗어날 수 없는 연좌제적 고리 안에 갇혀 있는 게 민족의 현실입니다. 사돈에 팔촌이라도 남과 북에 걸쳐 있지 않은 피붙이가 어디에 있겠사옵니까? 그런 인식은 이제 관 속에 넣어 둬야 할 유물일 뿐입니다. 끄집어내서는 안 되는 것이지요. 관 밖에 있다면 털어 내야지요."

"그게 어디 식은 죽 먹는 것처럼 쉽소이까? 사실, 곽께서 문을 두드릴 때 도반들의 낯빛은 긴장감을 감추지 못하였나이다, 소인 역시 철렁 내려앉는 기분이었다오."

민의 솔직담백한 어투다. 무언가를 규정하는 말버릇이 있었다. 이를 두고 간혹 이견을 내보이곤 하였다. 하지만 민의 표현을 부정

할 수 없다.

    얽으려 한다면, 내 가족사는 언필칭, '곧이 곧, 즉시'에 해당됐다. 총련 쪽의 이복형제를 만난 게 지난해였다. 만나고자 했다기보다는 일본에 업무차 갔다가 연락이 됐고, 그의 요청으로 만났다. 씁쓸했다. 그는 수시로 북에 드나드는 열성분자였다. 덧붙여, 도반 호처럼 처가가 월남민이었다. 장인은 혈혈단신 월남하여 강화도 작은 섬에 정착했다. 어업으로 연명했다. 북녘의 황해도 출신이어 서해에 정착했다 한다. 여하간, 그 섬 주민 가운데 많은 집들이 고정 간첩 사건에 연루되었다. 장인 또한 연루자였다. 지난 정부 시절, 과거사위원회는 그 사건을 고문에 의한 조작 사건이라 결론 내렸다. 30여 년이 지난 뒤였다. 장인은 이산가족 상봉 신청도 하지 않고 있다. 무죄 판결이 났다 하나 여전히 연루자 딱지가 장인을 형제지정까지 가로막고 있음에랴. 이제는 거동도 못하고 누워 계셨다. 정신만은 여직 초롱초롱하시다. 장인의 형제분들 가운데 누님 한 분이 살아계신다, 했다. 그 처고모의 두 딸과 아들이 작년에 탈북해서 지금 중국에 있다. 도움을 요청해 왔다. 나는 외면했다. 그 일로 아내와 다툼도 있었다. 끝내, 나의 요구로 아내도 모르쇠하고 있다. 이게 어디 나만의 상처이겠는가? 건너뛰면 죄 그런 상황인 것이었다. 분단 민족 '누군들' 자유로울 수 없음에 해당하는 아픔이겠으나, 가족사이기에 나에게는 더욱 혹독했다. 굴비 두름으로 엮인 것보다 굴비 두름 상태로 언제고 엮어질지 모른다는 두려움이 더 컸다. 일상의 공포였다. 내게 덮씌워진 분단 트라우마다. 이게, 저들에게 통치 수단으로 차용되고 있다. 어제부터, 오늘까지, 내일도…… 늘이었다. '씨발됨'이란 명사형 조어造語가 곱씹혔다.

속내를 털어 버리고자 나는 흔쾌해지려 했다. 건배를 제안했다.

"자, 자, 한잔하십시다. 화두가 '씨발됨'이니, 내가 건배, 하면 '씨발一' 합시다, 그려."

"건배一."

"씨발一."

잔을 탁, 탁, 술상에 부딪친다. 모두, 지금의 기분마저 내려놓고 싶은 심중이리라.

"저 역시 신상과 관련하여 특별히 말씀 드릴 게 없사오니, 오늘 이리로 장소를 택한 이유를 간단히 말씀드리고자 합니다. 우리 모임이 유랑의 길로 나선 게 벌써 세 해쨉니다. 유랑의 사유가 '창 넓은 집'에서의 도청 의혹이었음을 회억하게 됩니다. 시절은 수상함이 하, 더 짙고 깊어져 가고 있습니다. 이 길 옆의 옆길에 교회가 있습니다. 제가 그 교회에 나가고 있습니다. 올해 목사님이 새로 오셨습니다. 오래전에는 '기독교 농민회'에서 활동하셨고 유학과 목회자십니다. 우리 교회의 초빙으로 오셨는데 제가 다니는 교회는 어느 종파에도 속박 당하지 않는 이 교회의 특성에 따라 교리적 자유를 부르짖는 목회자십니다. 오늘 집회에도 참석하신다고 합니다. 자연스럽게 우리 모임 이야기를 두어 차례 했습니다. 안정적이고 장기적인 모임 장소를 찾고자 하는 마음의 발로였습니다. 혹, 7~80년대 종교라는 안식처를 외피로 하여 모임을 갖고 조직을 꾸리기도 했던 시절을 상기하시와, 불편함을 느끼시리라 여기지 않는 바는 아니옵니다만, 교회 안에서 어떤 행동의 제약도 없는 교회입니다. 교인들끼리 예배당 윗층 식당에서 평상시에도 막걸리 한잔씩 하는 건 다반사이자, 예배 뒤풀이로 으레 한잔씩 나누곤 합니다. 목사님 또한 거기서 막걸리 한 사발쯤 들이키기도 하지요. 그런 분위기를 아는 분들만 이 교회에 나옵니다. 교인들이 많지 않습니다. 좌장께서도 다녔다고 합니다. 지금은 시골로 거처를 옮겨 나오지 않지만요. 어쨌거나, 제 이야기를 듣고 목사님도 도반으로 참여할 의사가 있음을 내비치기까지 하였습니다. 농담이시겠지만 그럴 정도의 분이라는 것이옵니다. 오늘 제가 이 식당으로 모임 장소를 정한 건, 목사님과 이곳에서 몇 차례 술판을 가진 연유이기도 하지만, 오늘 집회에 가시면서 이곳에 잠깐 들러 목회자로서 전도하시겠다는, 당신의 표현대로 '썰렁한 유머'를 받아 달라는 말씀, 전해 달라고 하였습니다. 만나고 싶어 합니다. 도반들께서 거북스럽다 여기시면 전화하지 않겠습니다. 도반들의 허락 하에 뵙고자 하였습니다. 어쩌시겠습니까?'

소의 전언이 참 생뚱맞았다. 속이 참 넓은 소여서 더욱 그러했다. 섣부른 판단을 늘 저어하는 소였다.

"유랑헌 지가 벌써 3년 째나 되었능갑요. 소인은 이러코롬 여그 저그 댕기는 게 좋소이다, 그려. 양놈 말로는 노마디즘Nomadism이고 우리말로는 지적 유목쯤으로 부를 수 있을 터. 21세기를 지적 유목민의 시대라 안 헙디. 어쨌거나, 이 재미가 쏠쏠허던디 무신, 첨탑 아래로 들어갈 요량까지 허셨다요. 총무님께서 배려가 참말 깊으시고만요, 이."

호가 맞받았다.

"첨탑 없는 교횝니다."

소의 말에 호가 또 덧붙인다.

"바닥까장 내리가 봐야 일떠설 거시다, 이겁니다. 어쨌거나, 교회는 교횝지요."

민이다. 차례를 기다린 듯하다. 거침이 없다.

"지적 유목민이 아니라 지적 난민이겠지요. …… 사실, 민주화 운동의 역사 안에 교회의 역할이 컸음을 우리 모두 압니다. 지금도 그 몫을 엄결하게 담당하고 있고, 가장 치열하게 저들의 아킬레스 건을 치고 나오는 단위는 종교계입니다. 하지만, 우리 모임이 교회 건물 안으로 들어가는 건 의미가 다르옵니다. 종북몰이에 맞선 외피를 쓰겠다는 모습일 뿐이라 여깁니다. 이제는 지식인으로서 종북몰이를 통해 우민과 우롱의 정치를 하고 있는 자들에 대해 정면으로 맞서는 지식인 행동이 간곡히 요망되는 시점이라 봅니다. 확대 해석할 것은 아니라고 하지만 교회로 모임의 장소를 옮기는 것은 마땅히 거부합니다. 외피마저 훌훌 털고 나서야 할 시기라고 보는 것이옵지요. 다만, 사람을 만나는 일이야 누군들 마다하겠습니까? 더구나, 자유로운 영혼을 지닌 목회자시라면 희귀한 분일 것이온즉, 종교적 색깔로 우리를 전도하시려는 의도는 없으실 것이오니, 뵙도록 하지요. 오늘처럼 쿨쿨한 기분 확 찍어 낼 수 있는 유머 담은, 긴장해마지 않을 수 없는 전도 한 마디, 듣고 싶기도 하오, 그려."

도반들 의중이 그러한 듯했다. 곽이 나선다. 소가 핸드폰을 열려다 만다. 곽의 언급 뒤, 연락하려는 모양이다.

"소인 역시 그간 생활상의 어떤 변화가 없었소이다. 일상과 관련해서는 접으렵니다. 오늘 나누고 있는 논제에 초점을 맞추고자 합니다. 민 사형께서 언급하셨듯, 지식인층의 행동 자제는 더 이상 지속되어서는 안 된다고 봅니다. 행동 자제의 저간에는 중산층의 몰락을 보면서 겪는 경제 동향에 매우 민감한,"

문 두드리는 소리가 거셌다. 곽이 말을 끊었다. 도반 모두 눈길이 문 쪽으로 쏠렸다. 바깥은 여전히 시끄러웠다. 문이 화들짝 열렸다.

"안녕들, 하시오이까?"

낯선 자였다.

"어, 전화드리려 했는데."

소가 놀란다.

"어이쿠. 안녕, 못하외다, 시방."

호와 민이 동시에 대꾸했다. 모두 안녕하지 못한, 당황한 낯빛이다.

"건배―."

"씨발―."

그때, 홀에서 술잔을 기울이던 축들이 악다구니를 내뱉는 것이었다, 씨발.

# 정신차려야지

---

### 송 언

1982년 중앙일보 신춘문예에 소설 〈그 여름의 초상〉이 당선되어 작품

활동을 시작했다. 소설 《인간은 별에 갈 수 없다》《천궁거사》《해남

가는 길》 등의 책을 펴냈으나, 요즘은 어린이를 위한 동화를 주로 쓰고

있다.

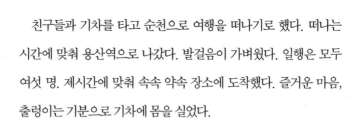

I

친구들과 기차를 타고 순천으로 여행을 떠나기로 했다. 떠나는 시간에 맞춰 용산역으로 나갔다. 발걸음이 가벼웠다. 일행은 모두 여섯 명. 제시간에 맞춰 속속 약속 장소에 도착했다. 즐거운 마음, 출렁이는 기분으로 기차에 몸을 실었다.

기차표에 찍혀 있는 좌석 번호를 확인한 뒤 자리를 찾아갔다. 그런데 이게 웬일인가. 다른 사람이 먼저 턱하니 자리를 차지하고 있는 게 아닌가. 앞장서 다가갔던 친구가 먼저 자리를 차지하고 있는 사람에게 점잖게 따졌다.

"여긴, 저희 자리입디다만……."

그러자 상대방이 두 눈을 치뜨더니 되 따졌다.

"우리 자리가 맞는데요?"

서로 자기 자리가 맞는다고 하니 다른 방법을 찾아야 했다. 내 친구와 먼저 자리를 차지하고 앉은 사람은 포커 판에서 패를 까듯 각자 기차표를 깠다. 그때 내 친구 입에서 신음 소리에 가까운 탄성이 터져 나왔다.

"아이쿠, 이런!"

우리 일행은 한 목소리로 힘을 보탰다.

"왜 그래, 왜?"

상대방이 생트집을 부릴 경우, 한꺼번에 달려들어 힘으로 밀어붙이기로 작정한 사람들처럼. 친구가 차분히 설명을 보태었다. 우리 기차표에서 이상이 발견되었다는 것이었다. 즉 기차표를 예매한 친구가 날짜를 잘못 입력하는 실수를 저질렀다는 것. 우리들은 일제히 각자 손에 쥐고 있는 기차표를 새삼 확인했다. 그날이 8월 24일인데 기차표엔 그 전날인 8월 23일이 선명하게 찍혀 있었다. 황당하여 벌어진 입이 다물어지지 않을 지경이었다.

"이런 세상에, 죄송하게 되었습니다."

우리들은 멋쩍어하며 우르르 식당 칸으로 철수했다. 뾰족한 대책이 있을 수 없었다. 기차표를 예매한 친구는 얼굴이 벌겋게 상기되어 있었다. 노인성 치매 초기 증상이라는 등 도대체 정신을 어디로 방출한 채 예매했느냐는 등 가벼운 핀잔도 뒤따랐다. 하지만 이제와 어쩌겠는가. 식당 칸 주인에게 승무원을 불러 달라고 부탁했다. 어쨌든 사태를 수습해야 했으므로. 수없이 기차 여행을 다녀보았지만 날짜가 안 맞는 기차표를 갖고 타 보기는 머리에 털 나고 처음이었다.

그나마 식당 칸이라도 있어 다행이었다. 그런데 세상이 바뀌어서 그런가. 식당 칸엔 의자가 없었다. 그야말로 옛날식 스탠드바처럼 꾸며져 있었다. 식당 칸에 죽치고 앉아 버티는 입석표 승객들의 계략을 미연에 방지하기 위한 대책 같았다. 우리들은 둘씩 셋씩 엉거주춤한 자세로 서서 어이없다는 표정을 주고받았다. 기차표를 예매한 친구가 미안하게 되었다며 공개적으로 사과했다. 그러니 어쩌겠는가. 상처를 받을까 봐 더 이상 핀잔을 줄 수는 없었다. 아니, 너나없이 오십 중반을 넘긴 마당인지라, 누구든 그런 실수를 저지를 가능성이 농후하다는 쪽으로 뜻을 모으며 실수한 친구를 위로했다.

이윽고 승무원이 식당 칸으로 왔다. 사뭇 냉정하게 생긴 여자 승무원이었다. 친구 하나가 대표로 나서서 사정을 얘기하니, 이미 날짜가 지났기 때문에 환불해 줄 수는 없다고 단호하게 말했다. 그럼 어떻게 해야 하느냐고 또 물었더니, 원래는 무임승차라 요금에 과태료를 얹어 내야 하지만 어제 날짜의 기차표를 갖고 있기 때문에, 과태료는 안 내더라도 기차표는 재발급 받아야 한다는 것이었다. 그게 곧바로 가능하냐고 물으니 그렇다고 대답했다. 기차에서 우르르 쫓겨나는 극한 상황만은 모면한 셈이었다. 절로 한숨이 터져 나왔다.

대표 친구가 우리는 철도 민영화에 적극적으로 반대하는 사람들이라며 어찌어찌 선처해 줄 수 없느냐고 사정해 보았다. 냉정하게 생긴 여자 승무원이 선처는 불가능하다고 차갑게 되받았다. 그러니 어쩌겠는가. 그쯤에서 두 손을 들고 말았다. 여섯 명의 기차표 값이 자그마치 30만 원 정도였다. 방법이 그것밖에 없다고 하니 울며 겨자를 먹는 수밖에 없었다. 기차표를 예매한 친구가 자진하여 케이티엑스 입석표 여섯 장을 끊었다. 주말이라 빈 좌석표가 없다고 했다. 좌석표가 있었다면 30만 원이 훌쩍 넘어 버릴 뻔했다.

그때까지 묵묵히 지켜보던 내가 승무원에게 물었다.

"이런 황당한 일이 종종 일어납니까?"

승무원이 눈 하나 깜짝 않고 대답했다.

"네, 종종 일어납니다."

"네에? 대한민국에 우리처럼 정신 줄 놓고 사는 사람들이 그렇게 많단 말입니까? 우리는 나이라도 들었다지만……."

"네, 젊은 사람한테서도 종종 일어나는 일입니다."

정말 어처구니가 없었다. 우리들은 입맛이 써서 식당 칸을 단체로 점령한 채 깡통 맥주를 하나씩 땄다. 맨 정신으로 민숭민숭 순천까지 서서 갈 수는 없었다. 식당 칸 주인의 눈치도 좀 보였고. 살다 보니 별 이상한 추억거리를 만든다며 킬킬대면서, 실수한 친구의 마음을 쓰다듬어 준 다음, 팅팅 깡통 맥주를 부딪치며 놀란 가슴을 진정시켰다.

2

의자가 없으니 여간 불편한 게 아닐세. 식당 칸이 언제부터 이렇듯 비정한 공간으로 변했는지 몰라. 그나마 깡통 맥주라도 있으니 얼마나 다행인가. 순천까지 꼬박 서서 갈 형편인데 깡통 맥주가 오늘따라 큰 위안이 되는구먼. 늙어가는 사람들 서러워서 어디 입석표 기차 타겠나. 생으로 서서 가면 힘드니 차창에 등이라도 기대야겠네. 나이가 들어가니 하체가 부실해서 말이야. 하체만 부실한가. 하초도 부실할 때가 지났네 그려.

누가 이바구라도 좀 풀어 봐. 낯짝만 쳐다보면서 먼 순천까지 어찌 가느냔 말이야. 맞아, 이럴 때 이바구만큼 좋은 진통제도 없지. 자, 깡통 맥주라도 힘차게 부딪치세. 그런데 자네는 맥주 마시는 속도가 영 거시기하네. 술 마시는 것도 힘이 드나? 힘이야 들지. 왜 힘이 들어? 어제 술을 너무 많이 마셨다네. 술을 너무 많이 마시면 취하지. 어디 그뿐인가.

술에 취하면 별의별 인간들이 출몰한다네.

파란 기와집의 대변인이 태평양 건너가서 술을 진탕 마셨다더군. 그 작자는 몸속으로 박카스 신이 다량 주입되자, 색신 성령이 충만하여서 걸친 옷을 벗어 던지고는 차마 눈뜨고 못 볼 짓을 실행에 옮기려 했는데 천만다행으로 미수에 그쳤다더군. 국제적 망신이라는 보도가 얼간이들이 보는 신문에도 대문짝만 하게 났더구먼 그래. 색신 성령이 충만하면 불끈불끈 힘이 치솟아 어지간한 도깨비는 상대가 안 되느니.

그러게 말일세. 술에 취해서 밤새 도깨비와 씨름 놀이를 하는 게 차라리 그 작자에겐 나을 뻔했어. 차라리 파란 기와집에 발을 들여놓지 않았더라면 그 작자에게 더 좋을 뻔했지. 그 작자를 몸소 아끼고 두둔한 사람이 책임져야 할 일이야. 예끼, 이 사람아. 한 번도 책임을 져 보지 않은 분이 무슨 책임을 지겠나. 맞아, 그 분은 책임 전가의 달인이시지.

　나 어렸을 때 들은 이야기구먼.

　우리 마을에 술을 몹시도 좋아하는 아저씨가 있었다네. 그 아저씨가 밤새 도깨비와 씨름했다는 이야기를 할 셈인가? 아니, 도깨비 씨름보다 더 흥미로운 이야기일세. 어떤? 하루는 그 아저씨가 이웃 마을에 놀러 갔다가 진탕농탕 취해서는 늦은 밤 우리 마을로 돌아오고 있었다네. 우리 마을 뒤쪽에 커다란 저수지가 있는데 말이야, 술 취한 아저씨가 마을 길을 따라 잘 걸어오다가 별안간 방향을 틀더니만 저수지 쪽으로 비척비척 걸어가더래. 그때 마침 먼데 영감이 윗마을에 다녀오다가 술 취한 아저씨를 보았기에 망정이지 아주 큰 사단이 벌어질 뻔했다네. 어떤 사단? 술기운 때문에 열을 받아 저수지에 들어가 목욕이라도 할 판이었나? 아니면 소피라도 봐서 저수지 물 수위를 높여 주려고 했나?

　그게 아니라, 술 취한 아저씨가 저수지 쪽으로 비척비척 걸어가는데 도무지 멈출 기세가 아니더라는 거야. 그대로 놔두었다간 저수지 속으로 풍덩 빠져 물귀신이 되겠더래. 해서 먼데 영감이 총알같이 달려들어 술 취한 아저씨의 귀싸대기를 후려갈겼다네. 번쩍 정신이 돌아오라고 말이야. 그런 다음 물었더니, 번쩍 정신이 돌아온 아저씨가 하는 말. 전에 못 보던 주막에 불이 환하게 밝혀져 있

기에, 게슴츠레 바라보니 알록달록 한복을 차려입은 기생이 생긋방
긋 웃는 얼굴로 한잔 더 하고 가시라며 손짓을 해쌓더래. 그래서 술
한잔 더 마시려고 다가가는 중이었다는 거야.

아이쿠, 저런!

그런데 먼데 영감은 왜 먼데 영감인가? 아주 먼데서 우리 마을로
데릴사위를 왔다고 해서 그렇게 불렸다는군. 그건 그렇고, 몇 해 전
에 그 저수지에 빠져 죽은 처녀가 있는데 아마도 그 처녀 귀신의 수
작이 아니었겠나 하는 후문이 있었다네. 먼데 영감이 아니었으면
그 아저씨는 그날 밤에 저수지의 물귀신이 되었겠지. 그것도 일종
에 색신 성령이 충만하여 일어난 사건이 아닌가 싶구면. 자고로 술
에 취하면 색신 성령의 강림을 조심해야 된다네. 망신살 뻗치는 일
을 당할 가능성이 농후하니까 말일세.

세상은 너나없이 살기 힘겹다고 아우성인데, 기차 타고 달리면
서 깡통 맥주를 목구멍으로 넘기려니, 미안한 마음이 솔솔 고개를
드는구면. 술 마실 때 너무 많은 상념에 사로잡히면 정신 건강에 안
좋다네. 프랑스의 천재 시인 랭보는 지옥에서 겨우 한철을 보내고
는 요절을 했다는데, 우리는 이 기나긴 지옥 터널을 지나면서 꽤 오
래 버티고 있구면. 맞아, 요즘 같은 세상의 중생들 삶을 한마디로 압
축한다면 '지옥에서 살아남기' 또는 '낙타 없이 사막 건너기' 정도쯤

될 걸세. 왜 많은 중생들이 살기 힘들다고 아우성을 쳐 대는 걸까. 승자 독식의 사회 풍조가 문제야. 있는 것들이 너무 많은 재화를 쓸어 가니 말일세. 정의가 바닥을 쳐서 더 그렇지. 염병할, 살맛이 나야 살아가지. 당최 살맛이 안 나니까 우리가 시방 술맛을 즐기는 게 아니겠는가.

지옥 같은 세상 이야기가 나와서 하는 말인데, 천국은 있는 것인지 몰라. 아마도 천국이란 곳은 없을 걸세. 왜냐하면 천국과 담을 쌓고 살아가는 인간들이 즐비하게 깔려 있으니 불가능하다고 봐야 할 거야. 천국이 있다 한들 우리들에겐 차례도 안 올 테지만, 설령 그곳에 가더라도 여간 심심하지 않을 텐데 어떻게 살아갈까 몰라. 술이라도 있으면 견딜 만할 텐데 천국에 주막이 있다는 소식은 아직 들어 보질 못했네. 술 없으면 적적해서 우리 같은 종자들은 견디기 어려울 거야. 하는 수 없네. 지옥 같은 세상에서 그냥저냥 견뎌야지 뭐. 견딘다고 세상이 바뀌나? 사과나무 밑에서 사과 떨어질 때를 기다리지 말고 팔뚝을 쭉 뻗어 사과를 따라는 경구도 있다네. 허, 지금은 그것도 불가능한 세상일세. 사과나무 과수원을 원천 봉쇄하고 있는 독점자본의 세상이 아닌가 말이야.

하여간 답답한 세상이야.

나는 술 취한 사람이 도깨비를 만나 밤새도록 씨름했다는 이야기를 들으면 성령이 충만한 사람이 아닌가, 하는 생각이 든다네. 그건 또 뭔 뜬금없는 소리인가? 성령을 만나기 위해 술에 취하는 사람이 있다고 들었다네. 술에 취해서 세상을 잊고 싶다는 뜻? 그게 아니라, 구약 성서 '창세기'를 보면 말이지, 먼 옛날에 야곱이란 사람이 천사를 만나 밤새 씨름을 했다는 기록이 나오지 않는가. 야곱이 대취해서 그런 상황이 벌어졌다고 보는 시각이 있다네. 그러니까 야곱이 밤새도록 씨름한 천사가 다름 아닌 도깨비가 아니었을까, 하고 추측하는 관점도 가능하다는 것이지.

그나저나 우리가 어렸을 때는 밤새도록 도깨비와 씨름한 어른들이 마을마다 한둘은 꼭 있었지. 도깨비는 왼씨름의 달인이기 때문에 오른쪽 다리를 걸어 넘어뜨려야 한다는 걸 취중에도 용케 기억하고는, 도깨비의 오른쪽 다리를 걸어 겨우겨우 넘어뜨린 뒤 허리띠를 풀어 소나무 기둥에 꽁꽁 묶어 놓았는데, 다음 날 해가 중천에 떠올라 다시 가 봤더니, 도깨비는 온데간데없고 황당하게도 피묻은 몽당빗자루만 남아 있었다는 얘기가 뒤따르곤 했지. 그런 도깨비를 서양에선 성령이나 천사라고 부르지 않았을까 싶다는 것이지. 그건 상상력이 너무 지나쳤다고 보네만. 꼭 그렇지도 않다네. 그럴 듯한 증거라도 있는가? 아주 뚜렷한 증거가 있다네.

보게나. 창세기 32장 24~26절 말씀이라네.

야곱이 홀로 남았더니 어떤 사람이 날이 새도록 야곱과 씨름하다가 그 사람이 자기가 야곱을 이기지 못함을 보고 야곱의 환도뼈를 치매 야곱의 환도뼈가 그 사람과 씨름할 때에 위골되었더라. 그 사람이 가로되 날이 새려하니 나로 가게 하라. 야곱이 가로되 당신이 내게 축복하지 아니하면 가게 하지 아니하겠나이다.

어떤가. 밤새 씨름한 것이나, 날이 새려하니 도망가려고 한 것이 우리나라 도깨비와 크게 다를 바 없지 않은가. 그나저나 야곱은 축복이라도 받았는데 우리나라 도깨비들은 축복엔 인색하지 않았나 싶구먼. 꼭 그렇지도 않다네. 닷 냥을 꾸고는 밤마다 찾아와 닷 냥씩 갚은 도깨비도 있었으니까. 이타적 자비심이 충만한 도깨비였네 그려. 어찌 보면 밤새도록 도깨비와 씨름을 했네, 천사와 씨름을 했네, 하는 따위의 이야기가 결국은 술 작작 마시라는 경고 메시지는 아니었을까. 그럴지도 모르지. 아무쪼록 술 조심하세. 한데 너무 조심하면 술맛이 안 나니 탈이지. 그렇긴 해.

도깨비에게 홀려 밤새 헛짓거리를 했다는 이야기도 있다네. 그것도 술 취해서 그런 거겠지? 당연한 걸 왜 묻나. 허참, 해 보게나. 우리 마을에 살던 어떤 아저씨 이야기인데 어느 날 밤새도록 이웃집 논바닥을 휩쓸었다네. 꼬끼오, 새벽닭이 울고 먼동이 튼 다음에야 겨우 정신이 돌아왔는데, 자신이 밤새도록 휘저어 놓은 논 두어 마지기를 바라보고는 놀라 뒤로 자빠졌다네. 어찌 밤새도록 논바닥을 휩쓸었느냐고 물었더니, 술에 취해 비척비척 논둑길을 걸어오다가 신발 한 짝이 휘딱 벗겨졌다는 거야. 그 신발 한 짝이 논으로 폴짝 떨어져서 그 놈을 찾으려고 논으로 풀쩍 뛰어들었는데, 웬걸 찾고 또 찾아도 신발이 보이질 않더래. 그래갖고 밤새도록 온 논바닥을 이 잡듯 뒤지게 되었다는 것이지. 이 또한 성령 도깨비의 장난이 아니고 무엇이겠는가.

술 이야기가 나왔으니 하는 말이야.

술을 몹시 좋아해서 거의 날마다 술을 마시는 한 중생이 있었다네. 아니, 거의 날마다 술을 마셨다기 보다는 거의 날마다 술에 취했다는 표현이 더 정확할 걸세. 그 중생이 하루는 치과 치료를 받는 바람에 술자리엔 동석했으나 술은 한 방울도 마실 수가 없었대. 애꿎은 사이다만 소주잔에 따라 놓고는 남들이 술잔을 뒤집을 때마다 같이 뒤집곤 했다네. 그런데 간만에 맑은 정신으로, 술 취한 중생들이 떠벌이는 이야기를 듣고 있으려니 환장을 하겠더래. 자기도 날마다 그랬으면서 왜?

그거야 물론 그렇지. 아무튼 귀를 열어 놓고 듣고 있으려니 열에 한두 마디도 당최 건질 만한 건더기가 없더래. 아이쿠, 내가 허구한

날 저런 쓸데없는 소리를 지껄이며 술잔을 뒤집었구나 싶더래. 그래서 다시는 술을 마시지 않았다는 뭐 그런 휴먼 스토리? 그게 아니라, 술을 마시기는 하는데 치과 치료를 받은 날엔 술자리에 얼씬도 하지 않았다는 이야기라네. 그나저나 술이 취하면 웬 잔말이 그렇게도 많은지 몰라. 어디 잔말만 많은가. 한 말 또 하고, 잠시 뒤에 또 하고, 잠시 뒤에 또 거푸 해대는 술꾼은 또 좀 많은가. 그게 다 제정신이 아니어서 그래. 맞아, 제정신이 출타한 탓이지. 술 취해서 서너 시간을 떠들어 댄 사람이 다음 날 잠에서 깨어나 자신이 뭔 얘기를 지껄였는지 하나도 기억을 못하잖아. 그 또한 밤새 도깨비와 씨름한 것과 다를 바가 없네.

그래서 나는 요즘 술을 좀 절제하고 있다네. 정신 차리려고 작정을 했구먼. 그런 마음도 좀 있고. 그나저나 정신 차려서 뭐할라고? 정신 바싹 차리고 그네 타지 않겠다고 작심하는 것이지. 그네 근처에도 가기 싫기 때문이라네. 그네 타기야 언내들이나 좋아하는 오락인데 다 늙어서 웬 그네 타령인가? 이런 사람을 보았나, 통 말귀를 못 알아듣는구먼. 내가 말하는 그네란 어린이 놀이터에서 하늘로 씨융 올라갔다가 땅으로 쌩 내려왔다가 하는 그런 그네가 아니란 말일세. 요즘 나이 들어가는 노땅들이 너도나도 그네 타기를 즐겨서 세상이 이짝이 난 걸 생각해 보게나.

나도 우리나라 노땅들이 하마 싫다네. 기어코 이 땅의 젊은이들을 무찌르려는 노땅들의 살벌한 세상이 싫어. 젊은 아들이 늙은 아버지를 넘어서야 제대로 된 세상이지, 오히려 젊은 아들을 이겨 먹는 아비들이 판을 치는 염치없는 세상이 되었으니, 나라 꼴이 뭐가 되겠는가 말이야. 그네 타기 좋아하다 나라가 쪽박을 차게 생겼는데, 나는 그네 타기 싫어요, 하면 두 눈에 핏발을 세우며, 그네 타기 싫으면 삼팔선 너머 북쪽에 가서 살라고 으름장을 놓으니, 이런 무참한 세상이 어디 또 있겠는가. 그래서 하는 말인데 우리도 가만히 있으면 안 될 것 같아. 뭘 어떻게 하자는 건가? 근사한 계획이라도 있는가? 민주어버이연대라도 만들어서 대항해야 하지 않을까 싶다네. 가스통을 짊어지고 불을 뿜으며 난리를 쳐댈 수는 없고, 함께 모여 손나팔이라도 불어야 하지 않겠는가 말이야.

이런 소리는 들어 봤는가.

북한의 김정은이 우리나라 중학교 2학년 아그들을 가장 무서워한다네. 그것도 지나간 소리야. 가스통 짊어지고 설쳐대는 아바이 동무회 소속 노땅들을 가장 무서워한다네. 물불 안 가리는 꼬락서니를 보고는 기겁을 했다는구먼. 아이고, 누가 들으면 실없다고 손가락질하겠네 그려.

술 마실 때 내가 가장 좋아하는 성경 구절이 있네. 뭔가? 시편 23장 5절에 있는 말씀이라네. 거기에 어떤 말씀이 있는가? 내 잔이 넘치나이다. 지금처럼 깡통 맥주를 홀짝이는 분위기에 딱 들어맞는 말씀일세. 듣기에도 좋고 생각할수록 씹히는 은혜로운 말씀이로군. 아하, 그러고 보니 내 깡통 맥주가 바닥이 나 버렸구먼. 주님, 소생의 잔이 비었나이다. 벌써 한 깡통을 다 비웠는가? 그렇다네. 심심하고 따분한데 한 깡통 더 비우게. 순천에 도착하려면 아직도 한참일세 그려. 자, 그럼 한 깡통씩 더 비우자고.

그나저나 거기 배 선생 말이오. 갑자기 왜요? 지난 겨울에 보고 이제 겨우 반년밖에 안 지났는데, 어찌 그리 얼굴색이 좋아진 것이오? 솔직히 말해도 되나 모르겠네. 솔직한 게 좋은 거요. 톡 까놓고 말해 보시오. 두 달 전에 시어머니가 돌아가셨어요. 호호호. 아, 그랬어요? 그런데 왜 우리 모임 회원들에게 연락을 안 했소? 너무 좋아서 연락하는 것도 깜빡 한 모양이구먼. 그런가 봐요. 호호호. 우리도 늙어가는 마당에 너무 대놓고 좋아하진 맙시다. 그래도 좋은 걸 어떡해요. 호호호. 허어 참.

누가 이야기의 물꼬를 다른 쪽으로 좀 틀어 보세.

1퍼센트가 99퍼센트를 지배하는 뒤집힌 세상이야. 이게 비정상적인 사회지 정상적인 사회인가 말이야. 그나저나 99퍼센트의 중생들이 1퍼센트의 악마에게 지배당하는 이유가 뭘까? 뿌리 깊은 노예근성 때문이라고 봐야겠지. 단 한 차례도 주인으로 세상을 살아보지 못한 노예들이 너무 많다는 거야. 노땅들의 맹목적인 상감마마 숭배 사상도 문제가 많다네. 쓸개 빠진 중생들의 악마 꼬붕 사상도 문제가 있지. 40년 넘도록 광야에서 고생을 해 봐야 그나마 정신을 차릴 걸세.

그건 또 뭔 소린가?

저 옛날에, 모세라는 선지자가 평생을 노예로 살아온 자기 백성들을 데리고 홍해를 가르며 출애굽 하지 않았는가. 그렇지. 오래전 얘기야. 아니, 지금 우리들의 얘기일 수도 있네. 아무튼지 그 뒤 모세의 백성들은 젖과 꿀이 흐르는 땅으로 들어가지 못했다네. 들어가기는커녕 40년 동안 광야에서 이리저리 헤매면서 죽을 고생만 했지. 그 이유가 뭔지 아는가? 뭔가? 노예 세대들이 다 죽기를 기다린 것이지. 노예 근성이 핏줄 속에 흐르고 있는 구세대들은 결코 젖과 꿀이 흐르는 땅의 주인이 될 수 없다고 본 게지. 이것이 야훼가 바라본 냉혹하기 짝이 없는 인간 존재에 대한 인식이라네. 이야기가 왠지 좀 무겁구먼.

저기 창밖을 좀 보게나.

뭐가 있다고 그러나? 저기 저 큰 나무 말일세. 잎사귀가 무성한 것이 아주 근사하게 자랐구먼. 나는 저런 큰 나무를 보면 한사코 닮고 싶어진다네. 근사하고 당당해 보이는 것이 좀 멋있나. 내 살아온 삶을 돌이켜 보면 한없이 초라하게 느껴지는 것과 비교가 된단 말일세. 큰 나무를 보면 위대한 선지자를 보는 것 같아 왠지 마음이 숙연해진다네. 어떤 놈은 저런 큰 나무를 보면 도끼로 찍고 싶어 하겠지. 큰 나무만 도끼로 찍겠나. 돈 되는 거라면 애비 에미는 물론 아내와 자식까지도 생명보험이란 도끼로 찍어 대는 인간 말종들이 간간히 출몰한다고 들었다네.

더럽고 끔찍한 세상이야.

나는 말이야. 잎사귀가 무성한 여름 나무도 보기 좋지만, 한 겨울에 홀딱 벗고 꿋꿋하게 서 있는 나무의 몸매가 훨씬 눈부시게 다가온다네. 왠지 표현이 좀 야하게 느껴지는군. 행여나 술 취해서 옷 벗어던진 채 벌거벗은 나무 위로 기어오르진 말게나. 나무랑 흘레붙는 인간이라고 흉볼라.

나는 가끔 이런 생각을 한다네. 뭔 생각?

세상엔 분명히 있으나 우리들 마음속엔 없는 것에 대하여. 갑자기 말이 좀 어렵군. 그렇다면 쉽게 얘기하지. 언제부턴지 이 썩어문드러질 놈의 세상에 이상한 철수들이 등장하여 중생들의 마음을 무겁게 하고 있잖은가. 어떤 철수 말인가?

먼저 국가인권위원회를 장악한 철수가 떠오르는군. 10년쯤 전에 뭔 인연이 닿아서 국가인권위원회와 손잡고 일을 한 적이 있다네. 그 연인 때문인지 이따금 그곳으로부터 메일이 날아와. 난 원하지도 않는데 말이야. 그거야 뭐 그럴 수도 있지. 향기롭지 않은 스팸 메일이 날마다 휘몰아치는 세상이 아닌가. 어쨌거나 나는 메일을 열어 보지도 않고 바로 휴지통으로 보내 버린다네. 이상한 철수가 그곳을 점령한 뒤부터 생긴 버릇이지. 어쨌거나 이상한 철수가 그곳을 장악한 뒤에 내 마음속에서 국가인권위원회가 사라져 버렸기 때문인데, 우연찮게 누가 국가인권위원회를 입에 올리기라도 할라치면, 내 입에서 성난 말처럼 이런 말이 튀어나갈 정도라네.

"그거 없어진지 꽤 됐잖아?"

엠비시 문화방송도 내 마음속에서 지워진 지 오래라네. 그 역시 문화방송을 통째로 집어삼킨 이상한 철수 때문이라네. 나는 엠비시 뉴스는 물론 대한민국 대부분의 중생들이 시청한다는 〈무한도전〉도 안 보고 있지. 메뚜기 씨에겐 좀 미안하지만 이상한 철수 때문에 그런 것이니까 이해해 줄 것이라고 믿는다네. 자네가 그런다고 엠비시 문화방송이 변할 것 같은가? 아니, 이상한 철수를 뒤에서 조종하는 서생원의 마음이 꿈쩍이나 할 것 같은가? 나도 그런 기대는 하지 않네. 다만 엠비시는 변하지 않더라도 내 정신이라도 하루

하루 맑아져야지 할 뿐이라네.

채널 11번 하니까, 나는 차범근의 등 번호 11번이 떠오르네. 우리 세대에겐 묘한 향수를 불러일으키는 번호 가운데 하나가 11번이지. 차범근이 그 사람 축구 하나는 끝내주게 잘했어. 요즘은 축구 해설도 곧잘 하더구먼. 아무튼 차범근 하면 까마득한 시절 군대에서 축구하던 일이 떠오르곤 해. 차범근 하면 축구니까 말이야. 군대 축구는 축구도 아니야. 그 따위 엉터리 지랄발광하는 축구가 세상 천지에 어디 또 있겠는가 말이야. 나는 제대한 뒤엔 군대 막사 쪽으로는 오줌도 방사하지 않는다네.

그나저나 차범근과 함께 뛰던 그때는 우리도 젊었지. 오늘은 축구 스타 차범근이 우리의 술맛을 상승시키는 복된 성령으로 임하는구먼. 그런데 이상한 철수가 장악한 엠비시 11번은 자꾸만 입맛을 쓰게 만든다네. 문화방송 채널 11번은 가출한 뒤 몇 년째 내 마음속으로 돌아오지 않고 있지. 이상한 철수가 드디어 쫓겨나고 다른 인물이 사장으로 왔다는 소식을 풍문으로 듣긴 하였으나, 그 작자가 저 작자인 것만 같아서, 아직도 나는 채널 11번을 개구리 점프하듯 풀쩍 건너뛴다네. 그뿐이면 말을 안 해. 누가 무한도전의 '무'자만 입에 올려도 미친 사람처럼 이렇게 소리치는 버릇까지 생겼다네.

"야, 11번 보지 말고 그냥 점프하라고!"

세상엔 있으나 우리들의 마음속에는 없는 게 하나 더 있다네. 그게 뭔가? 서생원 정부의 '통일부'라네. 통일부에서도 이따금 반갑지 않은 메일이 온다네. 서생원 정부 이전에 두 차례나 통일 연수원에서 현직 교사들을 상대로 하는 통일 교육 연수를 받은 적이 있다네. 왠지 통일이 시나브로 다가오는 듯했고, 학생들에게 통일 교육을 어떻게 하면 좋을지 고민이 되었기 때문이지. 그 덕분에 2박 3일 무료 금강산 관광도 다녀올 수 있었다네. 통일 교육 연수를 받은 교사들에게 특혜가 주어진 덕분이었지. 서생원 정부가 들어선 뒤엔 금강산 가는 길이 꽉 막혀 버렸지만 말이야.

그 통일부에서 메일이 오면 무심코 클릭을 해 볼 때가 있어. 그럼 화면 상단에 이런 문구가 거창하게 뜬다네. '통일은 반드시 옵니다.' 그런데 나만 그런 것일까. 그 말이 세상에서 가장 뻔뻔한 거짓말처럼 다가오는 것이야. 심지어는 '늑대가 나타났다!'는 거짓말로 마을 사람들을 혼란에 빠뜨린 한 소년의 외침과 겹쳐지기도 하고, '통일은 반드시 오면 안 됩니다.'라고 말하는 것처럼 들리기도 한다네.

서생원 정부가 물러나고 그네 정부가 들어섰으나, 통일부에선 여전히 날 잊지도 않고 일주일에 한 번 꼴로 꼬박꼬박 메일을 보낸다네. 그럼 나는 바로 휴지통으로 보내거나 무심코 클릭을 하더라도 내용은 거들떠보지도 않는다네. 왠지 이 통일부가 그 통일부와 별로 다른 것 같지 않아서라네. 통일에 대한 신뢰가 눈곱만큼도 느껴지기 않기 때문이라네. 누구는 통일이 대박이라고 하던데……

어, 벌써 전주를 지났네 그려.

깡통 맥주와 이바구 자락이 없었다면 정말 지루한 기차 여행이 되었을 거야. 지루하기만 했겠는가, 하지정맥은 꿈틀꿈틀 진저리를 치고 대퇴골은 뻑적지근했을 테고 말이야. 가만있어 보자, 열차 안이 한산해진 것 같지 않은가? 그렇구먼. 언제 이런 변화가 찾아왔을까.

하긴 그래. 경기도 충청도 땅을 거쳐 전라북도 전주를 지났으니 변화가 올 때도 되었지. 전주 지나면 금세 남원이고, 남원 지나면 순천도 지척이 아닌가. 그러게 말이야. 듬성듬성 빈자리가 눈에 띄는구먼. 열차 스탠드바에서 꼬박 서서 가자니 종아리가 제법 뻐근하네. 빈자리를 찾아가 아픈 다리를 쉬게 하세나.

그러세. 두 번째 깡통 맥주도 다 떨어졌고, 이바구도 밑천을 드러낼 때가 된 것 같으니, 잠깐이라도 앉아 눈을 좀 붙이세. 그게 좋겠네. 두 시간 넘게 서서 왔더니만 삭신이 쑤시는구먼. 군데군데 빈자리가 꽤 있네. 지금부터 빈자리를 찾아 각개 약진하세나. 그려, 그려. 이제 눈도 좀 붙이고, 입도 좀 다물게 하고, 다리도 좀 쉬게 할 때가 된 것 같네. 그러세. 입이 여러 개 모이니 이바구 잔치가 열리고, 입이 뿔뿔이 흩어지니 침묵이로세.

3

이틀 동안의 순천 여행을 잘 마무리했다.

다음 날, 우리 일행은 서울로 올라가는 기차에 몸을 실었다. 천만다행인 것은 돌아오는 기차표는 날짜와 시간이 정확하게 찍혀 있었다는 것. 그러니까 애당초에 기차표를 예매한 친구는 하루치의 머리에서만 이상이 작동한 것이었다. 그것도 좀 이상한 일이긴 했다. 진짜 노인성 치매 초기 증상인지 모를 일이었다.

그나저나 상행하는 기차가 대전역을 막 지났을 때였다. 사십 중반쯤 되어 보이는 부부가 두리번거리며 나와 친구가 앉아 있는 자리로 다가오는 것이었다. 그때였다. 왠지 이상한 느낌이 물밀듯이 엄습해왔다.

남편 되는 중생이 우리에게 조심스레 입을 열었다.

"여긴, 저희 자리인데요?"

내가 나서 자신 있게 대답했다. 왜냐하면 내려올 때 당한 바가 있어서 자리에 앉으면서 두 번 세 번 좌석 번호를 확인했던 것이다.

"아닙니다. 우리 자리가 맞습니다."

남편 중생이 고개를 갸웃거리며 혼잣소리를 했다.

"이상하네. 1호차 23번, 24번 자리가 분명히 맞는데…… ."

내가 갖고 있는 기차표를 보여 주며 말했다.

"자, 보세요. 우리 표도 1호차 23번, 24번 자리가 확실합니다."

그때 남편 옆에 있던 아내 중생이 내게 물었다.

"이 기차 순천 가는 거 아니에요?"

그제야 나는 터져 나오려는 웃음을 꾹 눌러 참고는 점잖게 말해 주었다.

"잘못 타셨어요. 이건 서울 가는 상행선 기차입니다."

사십 중반쯤 되어 보이는 부부는 혼비백산하여 자리를 떴다. 아마도 등짝에서 식은땀이 한 바가지쯤 흘렀으리라. 그 부부는 다음 역에서 헐레벌떡 뛰어내려 순천으로 내려가는 기차를 어찌어찌 갈아타긴 했을 것이다.

내 옆자리에 앉은 친구가 킥킥대며 한 마디 얹었다.

"쯧쯧, 치매가 찾아올 나이는 아닌 것 같은데, 우리보다 훨씬 젊은 사람들이 어째 저러나, 응?"

그래서 내가 맞장구쳐 주었다.

"기차에서 종종 이런 일이 일어난다고 하지 않는가. 어제 승무원이 한 말이 빈말은 아니었네 그려."

"세상이 어지러울수록 정신을 차리고 살아야 하는데……."

"그러게 말일세."

"한 사람이 정신을 못 차리면 한 사람 몸만 고생하면 된다지만, 뭇 중생들이 정신을 못 차리면 세상이 온통 몸살을 앓겠지. 지금이 딱 그런 세상이야."

"정신 차려야지. 암, 정신을 차려야지."

기차는 서울을 향해 힘차게 달렸다.

# 미스 돈 다어이리

---

### 김혁

충북 영동 출생으로, 1983년 한국일보 신춘문예에 소설 〈길고 긴 노래〉
가 당선되어 작품 활동을 시작했다. 지은 책으로 장편 소설 《장미와 들
쥐》《지독한 사랑》이 있다.

1

우리 돼지 종족에게 과연 미래는 있을까?

2

30대 중반의 싱글 돼지인 미스 돈.

그녀의 꿈은 단순하고 야무지다. 또래 철부지들이 흔히 꿈꾸는 돈 많은 돼지와 결혼해서 팔자를 고치는 것도 아니고, 적당히 좋은 남편 만나 새끼들 키우며 알콩달콩 사는 것도 아니다. 훨씬 더 이기적이고 영악하다. 악착같이 노력해서 골드미스가 되어, 제대로 폼나게 한번 사는 것! 그것이 그녀의 목표다.

'골드미스를 위하여!'

'참, 골드미스는 콩글리쉬고, 미국 돼지들 말로는 알파걸이라고 한다지?'

우리 돼지 사회에서 골드미스 되기가 얼마나 어려운지를 그녀는 누구보다도 잘 안다. 그렇기 때문에 골드미스라는 말을 무척 좋아한다. 그 말이 너무나 마음에 든다. 비정하고 냉혹한 이 사회로부터 금메달이라도 받는 것만 같다.

예전 같으면 아무리 잘 나가도 칭찬은커녕 시집 못 간 노처녀라고 주위의 눈총 깨나 받았을 텐데, 이제는 결혼을 거부하는 처녀 돼지들이 많아져서 인식이 크게 바뀌었다. 요즘엔 오히려 싱글들이 더 활기차고 당당하다.

'동지들이 점점 많아져서 천만다행이지 뭐야, 후후!'

'누가 뭐래도 앞으로는 싱글이 대세라니까.'

그녀는 늘 꿈꾼다. 주위의 시선을 단번에 확 사로잡을 명품을 몸에 칭칭 두르고, 맛있다고 소문난 음식점들을 성지 순례하듯 찾아다니고, 인기 있는 뮤지컬을 몇 번씩이나 반복해서 관람하며 열광하고, 미친 듯이 일에 몰두하다가 어느 날 배낭을 메고 훌쩍 외국으로 떠나 바람처럼 쏘다니는 그런 삶을. 주위 사람들이 너무 철이 없고 속물적이라고 수군대며 손가락질을 해도 전혀 상관하지 않는다.

'그래, 나 속물이다. 어쩔래?'

'우리 돼지 사회에서 속물 아닌 넘 있으면 나와 보라고 그래!'

3

아침 6시 정각.

요란한 알람 소리에 막 잠이 깬 그녀는 침대에서 몸을 일으키다 말고 잠시 머리를 숙이고는 무언가를 생각해 내려고 애를 썼다. 머릿속에서 낯설고 기묘한 영상들이 가물가물하게 맴돌았다. 한동안 그렇게 있노라니 간밤에 꾸었던 꿈의 꼬리가 잡히면서 차츰 전체 윤곽이 떠올랐다. 뒤이어 인상적인 장면들이 파노라마처럼 선명하게 스치고 지나가며 온 몸에 전율이 일었다.

인간 족속 멸망의 날!

탐욕과 어리석음과 이기주의가 극에 달한 인간들은 스스로 파멸을 자초하였다. 무분별한 개발로 인한 생태계의 총체적 파괴, 온난화와 환경 오염, 그리고 극심한 물 부족으로 대부분의 땅이 사막으로 변해 갔다. 어느 대륙이고 일년 내내 짙은 황사가 불어 해를 볼 수가 없었다. 농사를 제대로 지을 수가 없어서 식량이 절대 부족했다. 수많은 사람들이 갈증과 기아와 질병으로 죽어 갔다.

어느 나라나 이미 통제 불능 상태에 빠져 무정부 상태에 들어갔다. 먹을 것을 두고 곳곳에서 끔찍한 약탈과 살육이 벌어졌다. 석유가 고갈되고, 자동차들이 멈춰 서고, 밤이면 대도시는 암흑천지로 변했다. 거대한 지진으로 인해 세계 곳곳에서 원전이 붕괴되고, 핵폭탄도 마구 터졌다. 고농도 방사능 오염으로 사람들이 집단으로 죽어 갔다. 만물의 영장이라고 뽐내며 군림하던 인간 족속의 역사와 문명이 물거품으로 돌아가는 순간이었다.

인터넷에서 실시간으로 중계되는 전 세계 생존자 숫자는 급속히 줄어들었다. 그리고 드디어 남자 하나와 여자 하나가 최후로 남았다. 그런데 허걱! 그 여자가 바로 나였다! 나는 마지막 남은 남자와 부둥켜안고 우리의 끔찍한 운명 앞에서 오열하였다.

우리 두 사람은 깊은 산 속 동굴 안으로 피신해서, 모닥불을 피우고 사냥을 하는 등 원시인과 같은 생활을 하기 시작했다. 다른 선택의 여지가 없었다. 그렇게 살다 보니 마치 최초의 인류라도 된 것만 같았다. 인간의 역사가 다시 시작된다면 우리야말로 제2의 아담과 이브가 될 것이었다. 우리는 뿌듯한 마음으로 새 출발을 하기로 굳

게 다짐하였다.

하지만 시간이 흐르면서 우리 사이에 의견이 대립되기 시작했다. 인간의 역사를 다시 시작해야 한다는 엄숙한 사명감과 동시에 깊은 회의가 들었던 것이다. 무조건 임무를 완수해야 한다는 게 남자의 주장인 반면에, 언젠가는 또 파멸할 것이 자명한 역사를 애써 다시 시작할 필요가 있느냐 하는 것이 여자인 나의 생각이었다.

의견 대립은 점점 커져 갔다. 그런 와중에 내가 아이를 낳았다. 그런데 허걱! 그건 사람이 아니라 상상할 수 없을 만큼 흉측한 괴물이었다! 우리 두 사람은 경악했다. 그리고 그 괴물을 때려죽였다. 하지만 새끼 괴물들은 계속해서 태어났다. 아아! 어찌하면 좋을까! 절망과 비탄에 빠진 우리는 결국 동굴에 불을 질러 이 세상과 영원히 작별을 고하면서, 겨우 꿈에서 깨어났다.


'이런, 제기랄! 어제 본 SF 영화 꿈을 꾸다니! 하필이면 그것도 내가 마지막 여자가 되어 죽는 꿈을!'

'이건 틀림없이 영화 끝나고 친구들과 삼겹살에다 소주를 많이 마신 탓일 거야…….'

최근에, 인간 족속이 멸망한 뒤 좀비로 다시 살아나서 쳐들어온다는 내용의 영화가 개봉되어 전 세계적으로 화제가 되고 있다. 영화에 나오는 인간 좀비들은 정말로 흉측하고 무서웠다. 몸에 손을 대기만 해도 치명적인 독가스가 뿜어져 나왔다. 그리고 마지막에 결국 인간 좀비들이 우리 돼지 종족을 멸망시키고 승리를 하는데, 그런 결론을 두고 이러쿵저러쿵 말들이 많다.

'아아, 끔찍해!'

그녀는 무거운 머리를 흔들며 욕실로 들어갔다. 욕실에 들어가 샤워를 하면서도 꿈 내용이 뇌리에서 떠나지가 않았다. 책에서만 보았던 인간들의 모습이 마치 눈앞에 살아 움직이고 있는 것처럼 생생하였다. 그리고 마지막 장면이 너무나 끔찍하면서도 슬퍼서 가슴이 먹먹해져 왔다.


"안녕!"

건물 입구에 들어서자 출근하던 동갑내기 직장 동료가 웃으며 특유의 하이 톤으로 인사를 건넨다. 같은 팀 내에서 막강한 라이벌 이자 유능한 파트너인 그녀 역시 자기만의 삶을 즐기는 당당한 싱 글이다.

"응, 안녕!"

"안색이 안 좋은데, 간밤에 무슨 일이라도 있었어?"

그녀가 미스 돈의 얼굴을 살피며 물었다.

"응……."

"무슨 일인데?"

"비밀이야!"

"수상해?"

"나중에 얘기해 줄게."

두 사람은 사무실로 들어가 업무 상의를 했다. 요즘 과제는 혼자 사는 젊은 여성 돼지들을 대상으로 한 신용카드 광고였다. 기본 콘셉트는 잡혀 있지만, 구체적인 스토리와 카피 짜는 일이 신통치 않아서 여러 날 째 진척이 없었다. 자신과 같은 입장이라서 쉽게만 생각했는데, 막상 일을 시작하고 보니 훨씬 더 어려웠다. 그녀들이 결혼을 기피하는 진짜 속마음부터 알아내야만 했다.

"결혼은 정말로 미친 짓일까?"

"후후, 그럴지도."

"그런데 왜 또 누구는 결혼하지 못해서 저리 안달복달하는 걸까?"

"언제나 앞서가는 선구자도 있고, 뒷북치는 사람도 있는 법이니까."

"그럼 우린 선구자? 아님 뒷북?"

"선구자는 선구자 같은데……."

"헛똑똑이 선구자!"

두 사람은 깔깔대고 웃으며 자료를 꼼꼼하게 분석해 나갔다.

처녀 돼지들이 결혼을 기피하는 이유는 다양하다. 지나치게 비싼 양육비와 주거비, 사교육비 같은 경제적 부담도 커다란 이유다. 소중한 꿈을 실현하기 위해 과감히 포기하는 경우도 많다. 하지만 진짜 이유는 따로 있다. 결혼에 대한 로망이 점차 사라지고 있기 때문이다. 아무리 힘들고 어려워도 결혼에 대한 로망만은 청춘 남녀들의 가슴속에 강하게 남아 있었는데, 이제 그마저도 희미해져 가는 듯하다.

"싱글들을 보면 우리 사회의 미래가 보여."

"그래, 낡아 빠진 결혼 제도는 더 이상 메리트가 없어."

"따지고 보면 결혼할 권리만큼이나, 결혼하지 않을 권리도 신성한 거야."

"그리고 싱글들 사는 모습도 제각각이니까, 그들의 라이프 스타일을 획일적으로 보지 말고 세심하게 살펴봐야 해."

최근에는 이런 흐름에 동참하는 총각 돼지들도 많이 생겨났다. 이제 그네들도 서서히 잠에서 깨어나는 모양이다. 좀 늦은 감이 있지만, 어쨌거나 반가운 현상이 아닐 수 없다. 싱글들이 점점 더 많아져야 목소리가 커지니까.

왕 보수 언론들은 이를 결혼 파업이라고 부르며 큰일이라도 벌어진 것처럼 호들갑을 떤다. 마치 불순한 사상에 물든 철부지 돼지들이 불만을 해소하기 위해 투정을 부리거나, 결혼을 방패 삼아 사회로부터 무언가를 얻어내려고 투쟁하려 한다는 듯한 논조다. 이러한 사태를 초래한 구조적 모순이나 기성세대들의 책임에 대해서는 일언반구 언급도 없다. 참으로 무책임하고 뻔뻔하다. 그들은 매사에 그런 식이다. 그래서 젊은 돼지들로부터 점점 왕따를 당하고 있는 중이다.

"누군 파업을 하고 싶어서 하는 줄 아나?"

"사실은 파업이 아니라 파괴지만 말이야, 후후!"

"그건 그래. 그리고 백수들만 억울해. 돈이 없어서 연애도 마음 놓고 못하는 마당에, 파업으로 매도까지 당하다니……."

"그러게 말이야."

정말 백수 돼지들은 억울하기 짝이 없다. 어려서부터 하라는 대로 고분고분 말 잘 듣고, 집과 학교와 학원만 뱅뱅 돌면서 죽어라 앞만 보고 달려온 결과가, 소수의 잘난 돼지를 제외한 대부분의 젊은 돼지들이 백수 신세라니! 사회 시스템 자체가 잘못되어도 한참 잘못되었다. 거대한 사기 도박판이나 다를 바가 없다.

"오죽하면 어린 초등학생 돼지들의 장래 꿈과 희망이 공무원이겠냐고?"

"참말로 불쌍하고 암담하고, 가슴 아픈 얘기지."

"이런 나라에 미래는 무슨 놈의 미래가 있겠어?"

"창조경제? 제2의 빌 게이츠? 스티브 잡스? 흥, 일찌감치 꿈 깨라고 그래!"

사정이 이런데도 대부분의 학부모들이 심각하게 반성하거나 대안을 마련할 생각은 하지 않고, 그 사기 도박판에 자라나는 귀여운 새끼 돼지들을 꾸역꾸역 밀어 넣고 있는 걸 보면, 한심하기도 하고 화가 치밀어서 참을 수가 없다.

"자기 새끼만 앞서가면 된다는 똥 같은 생각만 머리에 꽉 차가지고, 아이들이야 죽든 말든 점점 더 지독하게 뺑뺑이를 돌린다니까!"

"그러게 말이야. 하지만 누군들 좋아서 그러겠어? 다들 어쩔 수 없이 끌려가는 거지."

"아무리 그래도 판 자체가 자해 공갈 막장 사기 도박판인데, 판을 깨고 나와야지. 그 판에서 아무리 뺑뺑이를 돌려 봐야 무슨 소용이 있냐고?"

"판을 깰 힘도 없고 용기도 없으니, 그게 문제지, 뭐."

"하긴 그래."

이렇게 상황이 나쁘다 보니 당연히 저출산 문제도 심각해져 가고 있다. 새로 태어나는 아기 돼지 수는 점점 줄어들고, 수명 연장에 따라 늙은 돼지 수는 계속 늘어나서, 고령화 사회가 급속히 진행되고 있다고 난리다. 그러고 보니 오래전에 이 지구를 지배했다가 사라져 간 인간 족속들의 행태를 우리 돼지 종족들도 그대로 따라가고 있는 중이다.

"뭐? 우리 같은 싱글들 때문에 저출산 문제가 생기는 거라고?"

"흥, 쓸데없는 데 신경 쓰지 말고, 정치나 제발 좀 제대로들 하셔."

"그러면 낳지 말래도 다들 옛날처럼 새끼를 줄줄이 사탕으로 낳을 테니까."

"아무렴, 호호호!"

4

며칠간 죽자 사자 몰두한 끝에 처녀 돼지들을 대상으로 한 신용카드 광고 작업이 끝났다. 이름하여 애니웨이anyway 카드! '이 신용카드를 쓰면 쓸수록 당신은 어쨌든 바람처럼 자유로워지고, 안개처럼 신비로워지고, 소낙비처럼 쿨해집니다! 그러니 어쨌든 마구 질러대고, 마구 긁어 대세요!'라는 내용이었다.

헤드 카피도 결정됐다.

당신의 빈 가슴에 바람과 안개와 소낙비를! 애니웨이 카드!

　대상은 역시 돈 잘 쓰고 유행에 민감한 골드미스들이었다. 어차피 양극화가 점점 심화되고 있는 마당에, 돈을 쓸 수 있는 부류에게만 확실하게 어필하자는 전략이었다. 특히 화려한 겉모습과 달리, 아무리 돈을 마구 써도 가슴 한 구석이 늘 텅 비어 있는 그녀들의 감성을 자극하는 데 포커스를 맞추었다.

　반응은 아주 좋다고 할 순 없지만 그런대로 괜찮은 편이었다. 광고가 나가자 많은 골드미스들로부터 문의가 쇄도했고, 형편이 여의치 않은 처녀 돼지들도 겉으로는 냉담한 척하면서도 내심 부러워하는 것 같다고 했다.

　그녀는 잠시 숨을 돌리며 친구들과 만나 밀렸던 술도 마시고, 수다도 떨고, 클럽에 가서 춤도 추고, 하면서 재충전의 시간을 가졌다. 그러면서 자신의 정체성에 대해 진지하게 고민을 해 보았다.

　'골드미스만 되면 모든 게 다 해결될까?'

　'그리고 나는 정말로 골드미스가 될 수 있을까?'

　사실 골드미스는 아무나 되는 게 아니다. 진정한 골드미스가 되려면 다른 돼지들과 확실하게 달라야 한다. 누구나 알아 주는 전문직과 실력, 경제적 능력, 외모, 폭넓은 인맥 관리 등 뭐 하나 빠지는 게 없어야 한다. 무엇보다도 웬만해서는 흔들리지 않는 확고한 자기 세계와 프라이드가 있어야 한다.

그런 면에서 그녀는 무늬만 골드미스일 뿐, 아직은 부족한 게 많다. 하지만 진짜 골드미스가 되려는 꿈을 향해 열심히 뛰고 있다. 그것만이 삶의 유일한 목표다. 유독 승자독식이 심한 우리 사회에서는 금메달 아니면 나머지는 다 똥이니까.

직장도 괜찮은 편이다. 몇 군데 조그만 회사를 거쳐, 지금은 약간 이름이 있는 광고 회사에 다니고 있다. 비록 직장 내에서 막내이긴 하지만, 목표만큼은 누구 못지않게 크고 야무지다.

'요즘처럼 취직하기 어려운 때 이게 어디야?'

'하지만 여기서 만족할 내가 아니지. 언젠가는 CEO 자리까지 오르고 말 거야!'

학벌이나 경력도 신통치 않은 순수 국내파가, 까다롭기로 유명한 광고업계에서 이만한 대우를 받기도 쉽지 않다. 그만큼 피나게 노력을 한 결과다. 잘 알다시피 광고는 상상력의 싸움이고, 상상력은 상식을 송두리째 뒤엎는 파격과 발칙함에서 나온다. 그런 면에서 그녀는 이 일이 적성에 아주 잘 맞는 편이다. 라이프 스타일 하나는 그 어떤 젊은 돼지보다도 파격적이고 발칙하니까.

'이젠 자기 삶 자체를 상품으로 포장해서 팔아야 되는 시대야.'

'남들이 하는 대로 따라 하다가는 피박을 쓰기 딱 알맞지, 후후!'

어려서부터 자유분방하고 개성이 강했던 그녀는 '말 잘 듣고 고분고분한 범생이 돼지를 판박이로 양성하는 것'이 목적인 학교 공부와는 적성이 전혀 맞지 않았다.

특히 돼지 종족의 진정한 아름다움이란 무엇인가를 배워 보고자, 미학을 전공하기 위해 큰맘먹고 들어간 대학은 별로 가르치는 것도 없으면서 등록금만 눈이 뒤집힐 만큼 비쌌다. 그래서 중도에 때려치우고 일찌감치 사회에 뛰어들었다. 그리고 편의점, 대형 마트, 택배 회사, 식당, 술집, 백화점, 방송국, 여행사 등에서 수많은 알바를 하며 살았다.

하지만 수입은 뻔했다. 겨우 굶지 않고 살 정도였다. 그렇다고 한번 뛰쳐나온 학교로 되돌아가는 건 죽기보다도 싫었다. 막막한 청춘. 캄캄한 미래, 평생 헤어나지 못할 것만 같은 굴레. 그런 와중에도 삶의 진실을 조금이나마 알게 되었고, 내 삶의 진짜 주인이 되었다는 값진 깨달음도 있었다.

그렇게 참고 버티며 죽을 힘을 다해 돌파구를 찾다 보니 차츰 자신감도 생기고, 길도 열렸다. 그동안의 경험을 살린 톡톡 튀는 글과 만화가 블로그를 통해 조금씩 알려지면서, 몇몇 광고 회사들로부터 프리랜서 제의를 받았던 것이다.

'지금 생각해 보면 아찔해. 평생 노예로 갇혀서 살 뻔했어.'

'하지만 배운 것도 많았어. 내 인생의 기본기는 그때 다 익힌 셈이지, 후후!'

그때 익힌 일들이 나중에 광고를 만드는 데 큰 힘이 되었음은 물론이다. 특히 닥치는 대로 읽어 치운 수많은 책들과, 시간이 날 때마다 광적으로 빠져들던 영화 감상이 많은 도움이 되었다. 먼 훗날, 읽고 싶은 책을 배낭에 잔뜩 싸 짊어지고 전 세계를 무작정 몇 바퀴 떠도는 게 그녀의 로망이다.

'근데 요즘 애들 보면 참 딱하고 한심해. 아무 쓰잘데기도 없는 스펙을 쌓느라 아까운 청춘을 다 낭비하고 사회에 나와서 무얼 하겠다는 건지, 정말 큰일이야.'

'그리고 그딴 쓰레기 같은 게 아무 소용없다는 걸 잘 알면서도 뻔뻔하게 요구하고 있는 대기업들이야말로 정말로 죽일 넘들이야!'

뒤늦게 대학을 졸업하고 회사 생활을 시작하긴 했지만, 그녀는 아직도 틀에 박힌 제도권 삶이 몸에 맞지 않는 옷처럼 어색하기만 하다. 친한 친구들은 대부분 결혼해서 새끼를 낳고, 직장 생활을 병행하며 고만고만하게 가정을 꾸려 가고 있다. 힘든 가운데 알콩달콩 살아 가는 그들을 보면 간혹 부러울 때도 있다. 하지만 그녀는 아직도 결혼이나 장래 계획 같은 덴 전혀 관심이 없다. 오로지 자신의 일을 사랑하고, 취미 생활을 즐기며, 하루하루 열심히 산다.

'머리부터 발끝까지 상대방과 끊임없이 맞춰 가며 살아야 하는 생활은 정말 생각만 해도 짜증 나. 솔직히 행복한 결혼 생활에 대한 기대나 미련도 없고.'

'인간 족속들이 아주 오래전에 실패한 결혼 제도를 왜 우리가 따라가야 하냐고!'

회사에서도 그녀는 능력을 인정받고 있는 중이다. 워낙 개성이 강하고 아이디어가 독특한 데다, 앞뒤 가리지 않고 저돌적으로 열심히 일을 하니까. 그래서 현재는 말단에서 일하고 있지만, 이대로 간다면 머지않아 팀장 자리까지도 넘볼 수 있을 것 같다. 물론 물욕과 지배욕으로 가득 찬 주변 돼지들의 시샘과 모함도 만만치는 않겠지만, 그 정도쯤이야 얼마든지 물리칠 자신이 있다.

문제는 지구촌 전체가 갈수록 생존 경쟁이 치열해져 가고, 살기가 힘들어 간다는 데 있다. 탐욕스런 개발로 자연은 무참히 파괴되고, 환경 오염이 나날이 심각해져 가고 있다. 아무리 탐욕이 우리 돼지 종족들의 본성이라고는 하지만, 해도 너무 하는 것 같다. 이러다가는 무한 경쟁과 무분별한 개발 그리고 대량 소비의 악순

환 때문에 결국 다 같이 망해버린 인간 족속들의 전철을 밟을까 봐 두렵다.

아니, 벌써 그런 조짐들이 여기저기서 나타나고 있다. 학자들이 인간의 멸망에 대해 연구해 놓은 책들을 읽어 보니, 요즘 우리 돼지 종족의 상황이 그때와 흡사해서 시사하는 바가 아주 많다. 그런데도 다들 위기의식을 못 느끼는 것 같다. 코앞의 이익에만 급급하다 일이 크게 벌어진 뒤에야 허겁지겁 뒷북을 치는 게 우리 돼지 종족들의 오랜 습성이니까…….

양심적인 학자와 사상가 그리고 시민 단체들이 고삐 풀린 문명의 흐름을 되돌리려고 저마다 안간힘을 쓰고 있지만, 아직은 역부족이다. 상황은 점점 심각해져 가고 있는데, 이제 막 걸음마를 내딛은 데 불과하다. 그런 때문인지 멸망 직전에 어느 인간 철학자가 남겼다는 탄식이 많은 양식 있는 돼지들의 가슴을 공허하게 울리고 있다.

아아, 우리 인류 역사는 결국 이렇게 끝나고 마는 것인가!
사실 저 광대무변한 대우주도 끊임없이 탐욕과 분노로 소용돌이치며 탄생과 소멸을 반복하고 있는데, 먼지보다도 못한 인류가 만들어 온 어리석은 문명이 파국을 맞이한다고 한들 뭐 그리 대수리요?

정녕 이것이 대자연의 냉엄한 법칙이자 운명이라면, 더 이상 무엇을 슬퍼하고 아쉬워 하리요? 우주의 불가해한 인연으로 잠시 피었다가 스러진 허망한 불꽃놀이요, 한바탕 소란스럽고도 덧없는 꿈이었다고 여기면 그만인 것을!

다만 오랜 세월 동안 수많은 사람들이 그토록 많은 피를 흘려가며 간절하게 염원해 온 지상 낙원의 꿈을 제대로 한 번 꽃피워 보지도 못하고, 이렇게 허무하게 사라지는 것이 너무나 가슴 아프고 한스러울 뿐!

아아, 문명의 허울과 기술의 환상에 속아 흥청대다가, 돌이킬 수 없는 파멸의 구렁텅이로 떨어져 버린 우리 인간 족속의 어리석음이여! 비록 가난하고 헐벗기는 했어도, 밤하늘의 별을 보면서 길을 찾고, 손수 논밭을 갈아서 먹고 살던 그 옛날이 그립기만 하구나⋯⋯!


요즘 전 세계적으로 경제가 엉망이다. 어느 나라고 할 것 없이 물가는 나날이 치솟고, 실업자는 넘쳐 나고, 소득과 일자리는 점점 더 줄어들고, 각종 범죄만 늘어나 사방에서 못살겠다고 아우성이다. 세상이 좋아지기는커녕 자꾸만 나빠져 간다. 여태 안심하고 발을 딛고 있던 땅이 하룻밤 사이에 푹 꺼지는 사건이 여기저기서 계속 터지고 있다.

멀쩡하던 나라들이 어느 날 갑자기 도미노처럼 부도 사태가 연이어 발생하고 있어서, 전 세계가 숨을 죽이고 사태의 추이를 지켜보고 있다. 전 지구적으로 심각해져 가는 양극화의 재앙인가? 세계를 장악하려는 보이지 않는 금융 마피아들의 음모인가? 자본주의 체제의 근본적인 파국을 알리는 전조인가? 전문가들마다 그 원인을 분석하느라 바쁘다.

분명한 것은 선진국이라고 하는 나라 돼지들이 땀 흘려 일할 생각은 하지 않고, 환율 조작과 투기 등으로 교묘하게 장난을 쳐서 어리숙한 후진국을 베껴 먹거나, 일확천금을 노리고 요상한 금융 파생상품들을 만들어 전 세계를 상대로 윽박지르면서 사기를 친 결과라는 것이다. 알고 보니 복마전도 이런 복마전이 없다.

특히 미국 돼지들이 문제다. 그 나라 정부는 스스로 세계 보스 노릇을 하느라 엄청난 비용을 써가면서 허구한 날 싸움판을 벌이다 빈털터리가 되자, 마구 돈을 찍어 대어 금융 시스템이 취약한 불쌍한 후진국들에게 그 부담을 고스란히 전가시키고 있다. 또 국민들은 국민들대로 사악한 금융 기관들의 달콤한 사탕발림에 속아 빚을 듬뿍 내서 집과 차를 사고 진탕 먹고 마시며 잘 놀고 나서는 배 째라 하고 뒤로 나자빠지자, 전 세계가 울며 겨자 먹기로 그 뒤처리를 하느라 중병을 앓고 있다. 미국 국민들이 하는 본새를 따라하던 나라들도 줄줄이 무너지고 있다.

'그야말로 고래가 싼 똥 덩어리에 새우 대가리가 터지는 격이야.'

'하여간 강대국이라고 하는 나라 돼지들은 하나도 도움이 안 된다니깐! 정말로 순 막돼먹은 똥돼지 같은 넘들이야!'

문제는 앞으로 이러한 사태가 점점 더 심해질 거라는 데 있다. 세계적인 석학 돼지들의 진단에 의하면, 병의 뿌리가 너무 깊어서 치유하기엔 이미 늦었다고 한다. 그리고 그 병이 바로 우리 돼지 족속들의 가장 강력한 본성인 탐욕에서 비롯된 일이기 때문에 근본적인 해결책은 달리 있을 수 없다고 한다. 이미 제 역할을 상실한 국가들은 아무런 힘도 쓰지 못하고 오히려 방해만 될 뿐이며, 각 개인이 그때그때 알아서 요령껏 대처해서 살아남는 수 밖에 없다고 한다. 그저 어안이 벙벙할 뿐이다.

'무슨 이런 개 같은 경우가 다 있냐, 정말! (죄 없는 개들아, 미안해!)'

'이제 좀 살 만한가 싶었는데, 전성기도 한 번 누려 보지 못하고 이게 뭐야, 흑흑!'

경기가 워낙 불황이다 보니, 광고업계에도 찬바람이 몰아치고 있다. 불황일수록 광고를 더 많이 해야 하는데, 코앞의 실적에만 급급해 하는 우리 돼지 사회에서는 이런 원칙이 잘 시행되지가 않는다. 그래서 구조 조정이나 정리 해고 같은 소리가 자주 들려온다. 주변에서 그런 소리가 들려올 때마다 그녀도 신경이 쓰이기는 하지만, 아직은 버틸 자신이 있다.

'아무리 불황이 심해도 잘 나가는 돼지들은 잘 나가게 되어 있으니까.'

'아니, 불황일수록 잘 나가는 돼지들만 더 잘 나간다니까, 후후!'

하지만 그녀도 안심할 수 없다. 어느 날 갑자기 잘려서 하루아침에 백수가 될 수가 있다. 그녀도 그걸 잘 안다. 그렇지 않아도 지금 취업을 하지 못한 백수들이 넘쳐나서 심각한 사회 문제가 되고 있는데, 생각만 해도 끔찍하다.

'그동안 고생고생해서 겨우 여기까지 왔는데, 밀리면 이제 끝장이야.'

'어떻게 하면 오래 살아남을 수 있을까?'

아무리 실력이 있어도 아직은 불안하다. 일단 팀장 자리를 꿰차고 앉아야 안정권에 드는데, 그러기에는 경력이나 파워가 많이 부족하고……. 칼자루를 쥐고 있는 부장님을 구워 삶을 뾰족한 방도가 뭐 없을까? 늦기 전에 대우가 더 좋은 만만한 회사로 옮길까? 차라리 그동안 모은 돈 가지고 아직 개발이 덜 된 나라로 확 이민을 가 버릴까? 하지만 고민한다고 해결될 일도 아니어서, 그녀는 맘 편하게 먹고 하루하루 열심히 즐겁게 산다.

'백수가 아닌 것만도 천만 다행으로 알아야지, 뭐.'

5

숨을 좀 돌리자마자 곧바로 다른 프로젝트가 그녀 팀에게 주어
졌다.

이번에는 단순한 광고 작업이 아니었다. 수많은 돼지들이 고민
하고 있는 다이어트 실패의 원인을 철저하게 분석하고, 이에 대한
근본적인 대책을 마련하여, 새로운 제품 개발을 위한 획기적이고도
참신한 전략을 수립하는 일이었다. 분야가 전혀 다른 데다가, 워낙
힘들고 어려운 과제라서 광고 팀에서 할 일은 아니었다. 하지만 일
욕심이라면 똥돼지처럼 게걸스러운 팀장이 무조건 승낙을 하고 따
온 프로젝트라고 했다.

'뭐, 다이어트라고?'

그녀는 속으로 코웃음을 쳤다. 너무나 익숙하고도 친숙한 테마
였던 것이다.

"별명이 다이어트 여왕인 미스 돈이야말로 이번 프로젝트의 최
고 적임자라고 생각하는데, 다들 그렇게 생각하지 않나요?"

팀장이 의미심장하게 웃으며 말했다.

"맞습니다, 맞고요!"

팀원들 모두가 이구동성으로 찬동했다.

"저도 알아요."

그녀도 웃으며 맞장구를 쳤다.

"근데요, 팀장님! 그게 그렇지가 않아요!"

라이벌 친구가 뜬금없이 딴지를 걸고 나섰다.

"그게 무슨 소리야?"

팀장이 의아한 표정으로 두 사람을 번갈아 쳐다보았다.

"진정으로 다이어트에 성공한 사람이 이번 프로젝트를 맡아야 성공할 수 있다고 저는 생각하거든요."

"그래서?"

"다이어트 경험에 관한 한 미스 돈이 그 누구보다 풍부한 것은 사실이지만, 솔직히 성공한 케이스라고 말하기는 곤란하다는, 뭐 그런 얘기죠."

"성공과 실패의 기준이 뭔데?"

미스 돈이 발끈하며 반론을 제기했다.

'이것이 나의 독주를 막으려고 아주 작심을 하고 나섰네?'

"간단해. 요요 현상만 보면 알 수 있어."

"요요만 보면 된다고? 그게 그렇게 간단한 문제가 아냐."

"그럼?"

"사람마다 다 체질이 다르고, 기질이 다르고, 처한 입장이 다른데, 그렇게 획일적으로 간단하게 재단할 수 있어?"

"이유 불문하고 실패는 실패야."

"결과만 보고 평가하지 말고, 수많은 사람들이 실패하는 현상을 한번 엄밀하게 분석해 볼 필요가 있지 않아?"

"그러니까 성공한 사람이 중요한 거야!"

"다이어트에 관한 한 실패가 성공보다 더 중요해!"

"우린 지금 성공 사례를 집중적으로 탐구해야 돼!"

"풍부한 경험을 바탕으로 축적된 생생한 정보를 무시하지 마!"

두 사람은 눈을 치켜뜨고 한 치의 양보도 없이 날카롭게 신경전을 펼쳤다.

"자, 자, 너무 그렇게 따지지들 말고 진정해요, 진정해!"

"……."

"두 사람 다 일리가 있어요. 하지만 어쨌거나 미스 돈이 이번 프로젝트의 최고 적임자라는 생각에는 변함이 없으니까, 미스 돈의 책임 하에 진행하도록 해요, 알았지?"

두 사람의 대결을 불안하게 지켜보던 팀장이 서둘러 매듭을 지었다. 일단 그녀의 승리였다. 그녀는 속으로 회심의 미소를 지었다.

'내가 너한테 그렇게 두려운 존재다, 이거지? 후후!'

하지만 기분은 씁쓸했다. 아무리 팀 내의 강력한 라이벌이라고
는 하지만, 이렇게 노골적으로 들이댈 줄은 생각지도 못했다. 더군
다나 다른 문제도 아니고, 그녀의 가장 아픈 곳을 그토록 물고 늘어
지면서 공략하다니, 있을 수 없는 일이었다.

'언젠가 확실하게 손을 좀 봐야지, 이것이 정말 안 되겠어!'

'그나저나 난 왜 이리도 살이 잘 찌는 거야.'

그녀는 문득 우울한 상념에 빠져들었다.

사실 그녀에게도 고민이 많다. 아무리 낙천적인 성격이라지만
고민이 없을 리가 없다. 직장 내에서의 갈등이나 미래에 대한 불안,
싱글의 외로움, 홀로 쓸쓸하게 늙어 가야 할지도 모른다는 불안감
등등. 그래도 다른 건 자신이 다 알아서 그럭저럭 해결할 수 있지만,
비만 문제만큼은 어쩔 도리가 없다.

'비만이야말로 우리 종족의 영원한 업보야.'

'아무리 세월이 흘러도 돼지 DNA는 어쩔 수 없으니까.'

그녀는 본디 뚱뚱하기도 하지만, 잘못된 식생활 습관 때문에라
도 살이 찌게끔 되어 있다. 밤낮 없이 일을 하다 보니 아무래도 식
사가 불규칙하고, 수시로 간식을 먹을 수밖에 없다. 그리고 잦은 술

자리도 피하기가 어렵다. 특히 스트레스를 심하게 받을 때마다 달고 기름진 음식으로 푸는 게 문제다. 그건 이제 거의 중독 수준이다. 너무 의존이 심해서 다른 걸로 대체할 수가 없다.

그리고 워낙 먹고 마시는 걸 즐기는 편이라서, 운동이나 다이어트를 열심히 한다고 해도 날이 갈수록 체중이 늘어만 간다. 남들하고 똑같이 먹어도 그녀만 금방 살이 찌는 걸로 봐서, 비만 DNA가 남보다 훨씬 발달한 모양이다. 그렇다고 이제 와서 DNA를 탓한들 무슨 소용이랴.

'역시 나이는 못 속여!'

'에휴, 벌써 이러면 안 되는데……'.

30대 중반을 넘기면서, 아랫배와 허리 둘레에 살이 눈에 띄게 많이 붙었다. 손으로 만져 보면 징그럽게 두툼하고 단단한 것이 영락없는 비곗살이다. 그리고 한 번 붙은 비곗살은 여간해서 빠지지가 않는다. 그야말로 난공불락의 올레길이다. 벌써 나잇살이 찾아 올 때가 됐나 하고 생각하니 괜히 서글퍼진다. 그러고 보니 몸도 예전 같지가 않다. 피로도 쉬 오고, 피부도 점점 건조해지는 것 같다.

'피부가 건조해진 다음에는 아마도 탈모나 안구 건조증이 찾아 오겠지?'

'아아, 생각만 해도 끔찍해. 그동안 건강미 하나만을 자랑으로 알

고 살았는데……'

사실 그녀만큼 다이어트에 관심이 많은 돼지도 드물 것이다. 겉으로 아무리 태연하게 행동하고, 골드미스처럼 당당하게 처신을 했어도, 속으로는 어쩔 수 없이 몸매에 신경이 쓰였다. 말라깽이를 동경해서가 아니라, 날씬한 외모를 선호하고, 다이어트를 부추기는 주변 분위기 탓이다. 그래서 유행하는 다이어트라는 다이어트는 거의 다 따라해 봤다. 아마 수십 가지도 넘을 것이다.

'오죽하면 내가 다이어트 퀸이라는 칭호까지 받았겠어?'

하지만 언제나 제 자리로 되돌아오곤 했다. 요요 현상 때문이었다. 그래도 그녀는 지금껏 다이어트 때문에 크게 고민하지는 않았다. 살 빼는 일보다 더 크게 신경을 써야 할 일들이 줄줄이 쌓여 있는 데다가, 원래가 남을 의식하지 않고 자기 편한 대로 사는 스타일이기 때문이었다.

'다이어트에 좀 실패했다고, 그렇게 기죽을 필요는 없어!'

'세상에는 그깟 다이어트보다 더 중요한 일이 얼마나 많은데!'

그런데 그녀는 갈수록 불안하다. 일과 건강에 대한 자신감도 점차 없어져 간다. 애써 고통을 참고 힘들어서 다이어트를 해도 그때뿐이고, 금방 예전 상태로 되돌아가니 하나마나다. 오히려 다이어트 전보다 살이 더 찌면서 우울증이 엄습했다. 체중 증가 속도도 전보다 훨씬 더 빨라진 것 같아 속상하기만 하다.

'무엇보다 정신적인 허기를 달래는 게 중요해.'

'이참에 나도 강아지나 한 마리 키워 볼까?'

요즘 주변에 애완견을 키우며 사는 동료 돼지들이 부쩍 늘어났다. 특히 싱글들에게서 그런 현상이 두드러진다. 돼지 종족과 개의 동거는 이제 새로운 트렌드로 자리를 잡았다. 그래서 그녀도 강아지를 한 마리 키워 볼까 하고 인터넷 동호회에 들어가서 이것저것 뒤져 보다가 이내 포기했다. 키우고는 싶지만, 잘 키울 자신도 없는 데다, 출장이 잦아서 굶겨 죽이기 십상일 것 같았다.

'자식보다 더한 정성을 쏟아야 한다는데, 난 그럴 자신이 없어.

사진에서 본 강아지들의 모습이 너무 예쁘고 귀여워서 한동안 눈앞에 아른거렸다. 강아지를 키우는 돼지들의 심정을 조금은 알 것도 같았다. 아무튼 사회가 복잡하고 살기가 힘들어질수록, 우리 돼지와 개가 가까워지고 있는 것만은 사실이다. 매우 흥미로운 현상이다. 어쩌면 조직 사회 내에서 우리 돼지들이 점점 애완견처럼 되어 가고 있기 때문인지도 모른다.


'그런데 도대체 이게 뭐야!'

그녀는 요즘 들어 몹시 짜증이 난다. 최근 부쩍 늘어난 체중을 확인할 때나, 꽉 조이는 옷을 억지로 입을 때마다, 자신도 모르게 화가 머리끝까지 치밀어 오른다. 뱃살, 엉덩이 살, 허벅지 살을 뭉텅뭉텅 잘라 내거나, 옷을 갈기갈기 찢어 버리고 싶다. 그리고 보이지 않는 그 누군가에게 마구 욕을 하며, 화풀이를 하고 싶어진다.

'어디서 이 못된 살들이 찾아온 거야?'

엄밀히 따지면 자기 탓이다. 물론 그녀도 잘 알고 있다. 하지만 자기 탓만이라고 할 수 없는 그 무언가가 있는 것 같다. 명확하게 인식할 수는 없어도, 거대한 음모 같은 게 느껴진다. 그래서 자신의 책임이나 잘못을 인정하고 싶지가 않은 것이다.

'억울해. 이것들은 절대 내 살이 아니야!'

'그래, 이건 틀림없는 음모야! 나를 망치려는 세력들이 어디인가 숨어서 음모를 꾸미고 있는 게 틀림없어!'

그런 생각이 들 때마다 언젠가 읽은 이야기가 머릿속에 떠오른다.


옛날에 싸움을 자주 하던 원시 돼지 부족이 있었다. 그들은 걸핏 하면 이웃 부족과 싸움을 벌였다. 자신들이 모시는 신을 기쁘게 하 기 위해서도 싸웠고, 신이 화났다는 이유로도 싸웠다. 또한 추장이 나쁜 꿈을 꾸었다는 이유 때문에도 싸웠고, 가뭄이 계속 된다는 이 유 때문에도 싸웠다.

그런데 하도 자주 싸우다 보니 싸우는 것도 지겨워졌다. 물론 서로 간에 피해도 만만치가 않았다. 그래서 싸우지 않고 이기는 방법에 대해 머리를 맞대고 고민을 하기 시작했다. 그리고 어느 날 그들은 아주 기발한 전술을 고안해 냈다.

그 전술이란 게 뭐냐 하면, 싸움을 하기 전에 먼저 음식을 푸짐하게 장만해서, 상대편 전사들로 하여금 잔뜩 먹고 마시고 취하게 하는 것이었다. 자기편보다 상대편에게 조금이라도 더 많이 먹이는 것이 전술의 핵심이었다. 일종의 유화 전술이라고 할 수 있는데, 그런데 그게 뜻밖에도 상당한 효과를 거두었다.

이제 그들은 싸움이 시작되면 먼저 음식을 경쟁적으로 쌓아 놓고 서로 상대편을 유혹했다. 온갖 덕담과 미사여구를 끊임없이 늘어놓으며 음식을 권하고, 조상과 신의 이름을 들먹이며 선심을 잔뜩 베풀었다. 하지만 누구도 섣불리 음식에 손을 대지 못했다. 많이 먹는 쪽이 싸움에서 지기 때문이었다.

그들은 서로 상대편이 먼저 먹기만을 학수고대하며, 인내심을 최대한 발휘하여 기 싸움을 벌였다. 그러나 그 인내심은 그리 오래가지 못했다. 워낙 먹을 게 부족하던 시절인지라, 눈이 뒤집힐 정도로 푸짐한 산해진미 앞에서 마냥 참고 있을 수만은 없었던 것이다. 그리고 한번 음식에 손을 대자마자, 너 나 할 것 없이 전사로서의 본

분도 까맣게 잊고 게걸스럽게 먹는 데 몰두했다.

그렇게 쌍방 간에 음식이 다 바닥이 나도록 먹고 나서야 비로소 싸움이 시작되었다. 하지만 쫄쫄 굶다가 갑자기 배가 터지도록 먹은 전사들은 몸이 무겁고 정신이 혼미해져서, 전의를 상실하고 도망갈 궁리만 하기에 급급했다. 당연히 조금이라도 더 많이 먹은 부족 전사들이 먼저 도망을 갔고, 결국 싸움에서 지고 말았다.


'참 순진했던 시절의 동화 같은 얘기야.'

'근데 그게 옛날 얘기만은 아닌 것 같아.'

그녀는 이게 꼭 자신의 이야기 같이 느껴져서, 볼록 튀어나온 아랫배와 두툼하게 잡히는 허리를 만질 때마다 길게 한숨을 내쉰다. 눈에 보이지 않는 누군가가 음식을 자꾸만 먹여서 치열한 삶의 전쟁터에 나선 자신을 무장해제 시키고 있는 것만 같다. 이 싸움은 이미 오래전부터 시작된 셈이다. 그리고 정체를 미처 알아차리기도 전에, 적들이 어느새 자신을 포위하고는 항복을 강요하고 있는 것 같아 무섭기까지 하다.

'주위의 달콤하고 솔깃한 유혹에 너무 쉽게 넘어가고 만 거야.'

'실로 치밀하고도 교묘한 전략이야. 이런 순 못된 똥돼지들 같으니라구!'

그렇다. 주변을 둘러보면 거대한 식품 회사들이 온갖 인공적인 맛과 향으로 가공한 식품들이 가득 넘쳐나고, 24시간 내내 우리의 입맛을 유혹하고 있지 않은가. 그리고 아기 돼지 때부터 온갖 광고와 마케팅 공세로 포로를 만들어서, 일단 포로가 된 이후로는 거기서 도저히 헤어나지 못하게 만들고 있지 않은가.

'영혼까지 유혹에 빠져들게 하는 데는 정말로 대책이 없어.'

'아아, 비만의 고리가 너무나 길고도 견고하구나.'

6

그녀는 본격적으로 다이어트 프로젝트에 착수했다.

먼저 시중에 나와 있는 모든 다이어트 제품 실태 조사에 나섰다. 그리고 유행하고 있는 온갖 다이어트 방법이며 건강식품, 대체요법, 요가, 운동 등도 모조리 훑어보고 검토해 보았다. 하지만 그것들은 참고만 될 뿐, 그리 큰 도움이 되지 못했다. 숱한 실패를 경험한 그녀의 입장에서 본 새롭고 획기적인 견해가 필요했다.

우선 실패의 원인부터 철저하게 규명해야 했다. 그러기 위해서는 무엇보다도 돼지 종족의 본질에 대한 근본적인 이해와 탐구가 필요했다. 그녀는 각종 철학 서적과 의학 서적들을 뒤지고, 이름난

전문 학자들을 두루 찾아다니며 심혈을 기울였다.

'식욕의 비밀을 푸는 열쇠는 어디에 있을까?'

'우리 돼지 종족의 본질은 과연 무엇인가? 우리는 어디서 왔으며, 어디로 가는가?'

하지만 기존의 패러다임을 뒤엎는 그 작업은 그리 만만치 않았다. 아니, 거의 불가능했다. 그럴수록 그녀는 미친 듯이 파고들었다.

'우리를 내면에서 조종하는 존재는 누구인가? 우리 자신인가? 아니면 우리가 알지 못하는 어떤 다른 존재인가?'

그렇게 노력한 끝에 드디어 오랫동안 뇌 신경을 연구해 온 세계적인 연구소의 연구원을 어렵사리 만나서, 아직 세상에 공개되지 않은 놀랍고도 충격적인 정보를 비밀리에 입수하는데 성공하였다. 그리고 내용을 간단하게 요약하여 다음과 같이 보고하였다.


많은 여성 돼지들이 끊임없이 다이어트를 시도하지만, 대부분 실패로 끝나는 것이 현실이다. 그리고 요요 현상 때문에 크게 속상해 한다. 이렇게 번번이 실패를 되풀이하는 데는 많은 이유가 있겠지만, 근본 원인은 하나다. 식욕 조절이 마음대로 잘 안 되기 때문이다.

그동안 식욕을 억제하거나 조절하기 위한 수많은 방법들이 제시되었지만, 아직 확실한 해결책은 없는 실정이다. 사실 우리 돼지 종족의 가장 강한 욕구이자 두드러진 특성인 식욕을 억제한다는 것은 거의 불가능에 가깝다. 어쩌면 그건 우리의 정체성을 부정하는 일이라고도 할 수 있다.

더군다나 우리 주변에는 다이어트를 방해하는 달고 기름진 먹거리가 너무나 많이 널려 있고, 사회 분위기 또한 먹고 마시는 것을 예찬하는 쪽으로 흐르면서 끊임없이 식탐을 부추기고 있어서, 다이어트에 성공한다는 것은 그야말로 돼지가 바늘구멍을 통과하는 것만큼이나 어려운 일이라고 하겠다.

그런데 우리 돼지 종족의 끝없는 탐욕과 참을 수 없는 식탐이 오래전에 멸망한 인간 족속 때문이라는 획기적인 사실이 이번에 비로소 밝혀졌다. 특히 여성 돼지들이 정신적 허기나 스트레스, 욕구불만을 해소하기 위해서 음식을 지나치게 많이 먹는 원인도 인간들의 탐욕 바이러스 때문이라는 것이 증명되었다.

우리 돼지 종족이 원시 돼지에서 현재의 존재로 진화해 온 것은 다 아는 사실이다. (물론 이를 절대로 받아들이지 않고, 어느 날 갑자기 하늘에 있는 신이 창조했다고 믿는 일부 정신이 이상한 돼지들도 있다.) 그런데 인간에게만 존재하던 특이한 바이러스 일명 '인간 탐욕 바이러스'가 원시 돼지의 뇌 신경에 침입해서 기생함으로써 진화에 결정적인 영향을 주었다는 사실이 이번에 새롭게 밝혀졌다.

　일단 기생한 '인간 탐욕 바이러스'는 아예 주인 행세를 하며 진화를 주도하면서 자리를 잡았고, 그때부터 획기적으로 커지고 발달된 탐욕 신경 회로가 유전자를 통해 지금껏 전해 내려오고 있는데, 그 신경 회로가 끊임없이 욕망을 부추기기 때문에 우리 돼지 종족이 이토록 탐욕스럽게 변했다고 한다. 불필요한 식탐이 일어나는 이유도 물론 여기 있다는 것이다.

　결론적으로 말해서 끝없는 탐욕과 이기심 그리고 반성할 줄 모르는 어리석음으로 인해 오래 전에 멸망한 인간 족속들 때문에 본래 순진하던 우리가 지금 이렇게 탐욕스럽게 변했고, 특히 비만으로 고통을 받고 있다는 얘기다. 따라서 우리 유전자 안에 깊이 박혀 있는 인간 족속의 원초적 본성을 몰아내지 않고서는 진정한 다이어트는 불가능하다.


"역시 미스 돈이야!"

"우리 팀의 영원한 호프, 미스 돈 만세!"

그녀가 입수한 놀라운 정보에 팀원 모두가 환호성을 질렀다.

"내가 뭐랬어? 미스 돈이 최고 적임자라고 하지 않았어? 응?"

팀장은 아예 입이 귀에 걸렸다.

"정말로 중요한 자료를 입수했네, 축하해! 역시 다이어트 여왕은 달라요. 내공이 만만치 않다니깐, 호호!"

그녀의 강력한 라이벌마저도 속으로야 가슴이 몹시 쓰렸겠지만 겉으로는 전혀 내색하지 않고 칭찬을 늘어놓았다.

"뭘요 다 여러분이 도와주신 덕분이죠, 뭐!"

그녀는 겸손을 가장한 자랑질을 마음껏 즐겼다.

일단 획기적인 식욕의 비밀을 알아냈으니, 신제품 개발 기획과 전략을 세우는 일은 식은 죽 먹기나 다름이 없었다. 그리고 이런 연구결과가 일반에 공개되기 전에 빨리 선수를 치고 나가야 했다. 팀원 모두가 본격적인 작업에 돌입했다. 특히 그녀는 처음으로 책임을 맡아서 진행하는 프로젝트인 만큼, 그 어느 때보다도 미친 듯이 일에 몰두했다. 그리고 마침내 근래 보기 드문 초대형 대박을 터뜨렸다.

이름 하여

'원초적 인간 본성 퇴치를 통한 첨단 기법 다이어트!'